Nouveau
Cahier du jour
Cahier du soir

3e

14-15 ans

BREVET

Histoire-Géo EMC

W0370901

Auteur
Nadine Daboval
Professeur d'Histoire-Géographie-EMC au collège

MAGNARD

Présentation

Un cahier complet

- **Ce cahier d'Histoire-Géographie-EMC, destiné aux élèves de 3e, est conforme aux derniers programmes.** Il reprend toutes les notions et couvre tous les domaines.
- **La rubrique « Observer et retenir »** propose toutes les **leçons** accompagnées de **documents**.
- **La rubrique « S'entraîner »** propose des **exercices progressifs** pour réinvestir les acquisitions. Ils sont classés par niveau de difficulté (de * à ***).
- À la fin de chaque page, l'élève est invité à **s'auto-évaluer**.
- En fin d'ouvrage est proposé un **Brevet blanc** complet pour s'entraîner à l'examen.

→ Les corrigés détachables sont situés au centre du cahier.

Un mémento visuel

Un mémento avec l'essentiel à retenir en Histoire-Géographie-EMC 3e : pour une mémorisation visuelle efficace !

→ À détacher au centre du cahier et à conserver toute l'année.

POUR LE CAHIER :
Illustration de couverture : Lupe Granité
Conception graphique (couverture) : Yannick Le Bourg et Raphaël Hadid – **Mise en pages :** Typo-Virgule – **Cartographie :** Marie-Christine Liennard, Anne Levasseur, Christel Parolini, Valérie Goncalves – **Crédits iconographiques : p. 8 :** collection Kharbine Tapabor – **p. 12**, à gauche : collection Kharbine Tapabor ; à droite : Paris, musée de l'Armée, dist. RMN – **p. 14**, à gauche : © Ernst Maria Lang ; à droite : © Herbet Kolfhaus, Archiv für Christlich-Social Politik – **p. 18**, à gauche CIRIP ; à droite : © Plantu – **p. 20** : © Christophe Fey – **p. 22** : © Musée d'Histoire Contemporaine, B.D.I.C., Paris, France, Archives Charmet / Bridgeman Images / ADAGP, Paris 2016 – **p. 30** : © Philippe Huguen/AFP – **p. 32** : www.saveurs-des-aravis.fr – **p. 34** : www.chalonsenchampagne.fr – **p. 36** : © Guadeloupe Port Caraïbes – **p. 40** : © William West/AFP – **p. 42** : Niels Bo Bojesen / Librexpression – **p. 46** : Marie Magnin / Hans Lucas / AFP – **p. 52** : HORS PISTES EDITION 2018 / Le livre Géant de la Laïcité

POUR LE MÉMENTO VISUEL DÉTACHABLE :
Illustrations : Antoine Levesque

Sommaire

HISTOIRE

1 Civils et militaires dans la Première Guerre mondiale ... 4
2 Les expériences totalitaires de l'entre-deux-guerres ... 6
3 L'expérience du Front populaire ... 8
4 La Seconde Guerre mondiale, une guerre d'anéantissement ... 10
5 La France défaite et occupée ... 12
6 Au temps de la guerre froide ... 14
7 Indépendance et construction de nouveaux États ... 16
8 Affirmation et mise en œuvre du projet européen ... 18
9 Enjeux et conflits dans le monde après 1989 ... 20
10 Refonder la République, redéfinir la démocratie (1944-1947) ... 22
11 La Ve République, de la république gaullienne à l'alternance et à la cohabitation ... 24
12 Femmes et hommes dans la société française (1950-1989) ... 26

GÉOGRAPHIE

13 Les aires urbaines, une nouvelle géographie d'une France mondialisée ... 28
14 Les espaces productifs et leurs évolutions ... 30
15 Les espaces de faible densité et leurs atouts ... 32
16 Aménager le territoire ... 34
17 Les territoires ultramarins français : une problématique spécifique ... 36
18 L'Union européenne, un nouveau territoire de référence et d'appartenance ... 38
19 La France dans le monde ... 40
20 L'Union européenne dans le monde ... 42

ENSEIGNEMENT MORAL ET CIVIQUE

21 Acquérir et partager les valeurs de la République ... 44
22 Fraternité et cohésion sociale ... 46
23 La Défense et la sécurité ... 48

BREVET BLANC

- Exercice n° 1 ... 50
- Exercice n° 2 ... 51
- Exercice n° 3 ... 52

Mémento visuel détachable

Corrigés détachables au centre du cahier

1 Civils et militaires dans la Première Guerre mondiale

→ Corrigés p. I

Observer et retenir

■ De 1914 à 1918, les armées de la Triplice et de l'Entente s'affrontent sur mer et sur terre, dans une **guerre totale**.

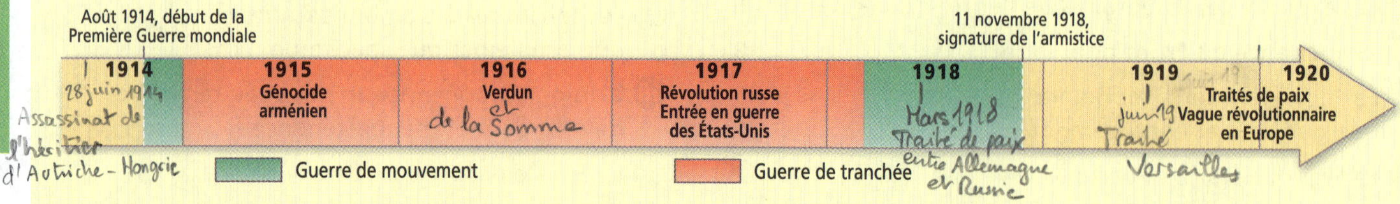

■ Au front, dans les tranchées, **les poilus** vivent au quotidien la brutalité de la guerre. Ils utilisent des armes nouvelles et destructrices (les gaz) et supportent les tirs de mitrailleuses, les bombardements, les conditions de vie difficiles (rats et boue) et l'omniprésence de la mort.

■ À l'arrière, **les civils**, qui participent à l'effort de guerre, subissent le rationnement et les réquisitions. À l'usine ou dans les champs, les femmes remplacent les hommes partis au front. Dans l'Empire ottoman, 1,5 million d'**Arméniens chrétiens** sont, en 1915, **victimes d'un génocide**. Par haine ethnique et religieuse, l'État turc les accuse de complicité avec les Russes et programme leur déportation et leur extermination.

■ Après le retrait de la Russie, suite aux révolutions de 1917 qui précipitent la chute du tsar et facilitent l'arrivée de Lénine au pouvoir, et l'entrée en guerre des États-Unis, les offensives de l'Entente de 1918 mènent à la victoire.

■ L'**armistice est signé le 11 novembre 1918**. La guerre a coûté la vie à 10 millions de jeunes soldats et fait des millions de mutilés. L'Europe en déclin est redessinée par les traités de paix.

► Le **génocide** est l'extermination systématique et programmée d'un peuple.
► La **déportation** est le déplacement forcé d'une population.

■ **Document 1 – La bataille de Verdun (21 février-novembre 1916)**

- 300 jours de combat
- 550 000 morts
- 3 500 camions français se relayent sans discontinuer pour acheminer les soldats et le ravitaillement par la Voie sacrée
- Plus de 50 millions d'obus tirés, soit 4 tonnes au m^2 ; des villages totalement rayés de la carte
- 66 divisions d'infanterie (soit 15 500 hommes par division, sur les 95 de l'armée française) sont envoyées à Verdun

■ **Document 2 – Le génocide arménien de 1915**

La déportation d'Erzindjan était déjà commencée et nous attendions de jour en jour, d'heure en heure, l'ordre de déportation. La terreur était générale. Enfin, un matin, l'ordre vint. [...] Notre caravane formait trois mille personnes. Après six jours de marche, elle arriva à Daldaban-Gumuchkaneh ; au cours de ce voyage, les Turcs nous avaient pillés ; arrivés à l'étape, les gendarmes et les policiers armés jusqu'aux dents nous attendaient. Nous fûmes emprisonnés dans une écurie où les chefs des « tchétas » (brigands organisés et soutenus par le gouvernement) vinrent nous tourmenter par tous les moyens : les femmes furent fouillées et plusieurs violées. Le lendemain, nous nous mîmes en route et chaque jour faisant une randonnée de dix heures, affamés, en loques, nous arrivâmes à Erzindjan, où une scène horrible s'offrit à nos yeux : la terre était jonchée de têtes coupées, de membres humains épars, de chevelures de femmes...

Témoignage de Nvart Mahokian, 1920, cité par Annick Asso, *Le Cantique des larmes*, La Table Ronde, 2005.
Le gouvernement nationaliste turc, qui organisa le génocide, massacra environ 1,5 million d'Arméniens.

S'entraîner

1 ★ À l'aide des documents 1 et 2, complétez le tableau ci-dessous :

	Document 1	Document 2
Nature du document	Tableau	Témoignage
Date précise et période historique à laquelle il se réfère	21/02/1916 La bataille de Verdun et WW 1	1920 ~~Arménie~~ Génocide 1915
Lieu où se passe l'action	Verdun	Arménie
Acteurs de l'évènement	Soldats et poilus face aux Allemand	Gouvernement Turc
Manière dont se déroule l'évènement	Armes, Guerre, 300 j, victimes, plus de régions	Têtes coupées, viol, membres coupés... marche forcées

2 ★★ Rédigez une phrase pour indiquer l'aspect de la guerre illustré par les deux documents.

Dans les 2 doc on parle de mort et de violence.

la violence de masse concerne les soldats et les civils.

3 ★★ À l'aide de vos connaissances, expliquez comment la Première Guerre mondiale déstabilise la Russie.

4 ★★ Pourquoi dit-on que la Première Guerre mondiale est une guerre totale ?

Car les ~~ss~~ jeunes hommes civils partaient à la guerre. le reste des citoyens fabriquent les armes, les munitions, les chars, envoient de la nourriture, des soins ...

5 ★★ À l'aide de vos connaissances, citez deux modifications de la carte de l'Europe suite aux traités de paix de 1919 et 1920.

6 ★★ Expliquez pourquoi la Première Guerre mondiale met à l'épreuve la cohésion des sociétés sur le plan démographique.

7 ★★★ Rédigez un texte court expliquant que combattants et civils subissent des violences extrêmes pendant la Première Guerre mondiale.

Les combatants peuvent être tués, torturé par le camp adverse.

les civils peuvent être envahis par le camp adverse, réquisitionner, tué, torturé.

Auto évaluation Très bien ☐ Bien ☒ Pas assez bien ☐

2 Les expériences totalitaires de l'entre-deux-guerres

→ Corrigés p. I

Observer et retenir

Causes
Guerre totale
Les révolutions de février et d'octobre 1917

LA RUSSIE BOLCHEVIK DEVIENT L'URSS (1922)
Une société sans classes, égalitaire
Propager la révolution partout dans le monde

Élimination par Staline des amis de Lénine
Mise en place d'une économie socialiste planifiée

Caractéristiques d'un régime totalitaire

Parti unique
Culte du chef
Endoctrinement des masses et propagande
Terreur contre les « ennemis »

Pacte secret germano-soviétique une semaine avant le déclenchement de la Deuxième Guerre mondiale

Causes
Traité humiliant de Versailles, ou *Diktat*
Grande Dépression de 1929

ALLEMAGNE NAZIE
Idéologie raciste : la race aryenne dite « supérieure » et les Juifs dits « inférieurs »
Agrandissement de l'espace vital

Des génocides
Des coups de force
Des alliances (axe Rome-Berlin en 1936, pacte Antikomintern avec le Japon et l'Italie, pacte d'Acier en 1939)

En Russie, Lénine est au pouvoir d'octobre 1917 à janvier 1924. Staline lui succède de 1927 à 1953. Hitler arrive au pouvoir le 30 janvier 1933 et dirige l'Allemagne nazie jusqu'en 1945.

Document 1 – La mise en place de la dictature en Russie, puis en URSS

- **25 octobre 1917 :** en pleine guerre mondiale, Lénine, chef des bolcheviks, accède au pouvoir et prend les décrets sur la terre et sur la paix.
- **1919 :** mise en place du « communisme de guerre » avec un parti unique, une police politique et la nationalisation de l'industrie ; Lénine fonde l'Internationale communiste (la IIIe Internationale) pour développer le communisme dans les pays capitalistes.
- **Mars 1922 :** Lénine rompt avec Staline et invite Trotski à le combattre.
- **Avril 1922 :** Staline devient le secrétaire général du Parti communiste.
- **Décembre 1922 :** Lénine crée l'URSS (Union des républiques socialistes soviétiques).
- **Janvier 1924 :** mort de Lénine.
- **1927 :** Trotski est exclu du Parti communiste.
- **1928 :** Staline lance le premier plan quinquennal.
- **1929 :** exil de Trotski : il quitte définitivement l'URSS ; Staline est seul au pouvoir et décide de la collectivisation des terres ; création du goulag.
- **Août 1936-mars 1938 :** « grands procès de Moscou » et élimination des anciens compagnons de Lénine.

Document 2 – La mise en place de la dictature en Allemagne nazie

- **30 janvier 1933 :** Hitler est nommé chancelier par le président de la République de Weimar.
- **Février 1933 :** décret pour « la protection du peuple et de l'État » qui suspend les libertés fondamentales après l'incendie du Reichstag.
- **Mars 1933 :** Hitler se fait voter les pleins pouvoirs par le Reichstag.
- **Avril 1933 :** loi sur la revalorisation de la fonction publique permettant au gouvernement d'écarter tout magistrat ou fonctionnaire lui paraissant « gênant ».
- **Mai 1933 :** arrestation des dirigeants syndicaux.
- **Juillet 1933 :** le NSDAP devient le parti unique.
- **Octobre 1933 :** premier camp de concentration à Dachau pour les opposants au régime.
- **Juin 1934 :** « Nuit des Longs Couteaux » : les SA (groupes paramilitaires du NSDAP) sont exécutés.
- **Août 1934 :** le président de la République de Weimar meurt et Hitler s'autoproclame « Reichsführer ».
- **1935 :** lois de Nuremberg pour la protection du sang allemand votées à l'unanimité.
- **1936 :** axe Rome-Berlin signé entre l'Allemagne et l'Italie ; pacte Antikomintern (contre l'Internationale communiste) signé entre l'Allemagne et le Japon.
- **Août 1939 :** pacte germano-soviétique signé entre l'Allemagne et l'URSS.

S'entraîner

1 ★★ **Expliquez les liens entre la Première Guerre mondiale et l'arrivée de Lénine et d'Hitler au pouvoir.**

....

2 ★★ **Analysez le document 1 pour expliquer comment le communisme stalinien s'établit.**

a. De quel atout déterminant Staline dispose-t-il pour s'imposer au pouvoir ?

De la mort de Lénine

b. Relevez les éléments illustrant les pratiques du régime.

parti unique, police politique
nationalisat° de l'industrie

c. Citez un personnage victime de la terreur.

Trotski

d. Quelles décisions de Staline prouvent le contrôle de l'économie de l'URSS ?

la collectivisat° des terres,
créat° du goulag.

3 ★★ **Analysez le document 2 pour comprendre le passage de la démocratie à la dictature en Allemagne.**

a. Relevez les mesures prouvant la confiscation de la démocratie par Hitler.

loie de Nuremberg, Axe Rome-Berlin
pacte germano-soviétique

b. Décrivez et expliquez une mesure prouvant l'idéologie raciste du régime nazi.

La loie de Nuremberg pour
la protection du sang Allemand

4 ★★ **Complétez le tableau à l'aide des mots suivants :**

~~Komsomols~~ – ~~Hitler~~ – ~~goulag~~ – ~~Führer~~ – ~~génial Petit Père des peuples~~ – ~~police politique~~ – ~~Jeunesses hitlériennes~~ – ~~Staline~~ – ~~camp de concentration~~

	URSS	Allemagne nazie
Nom du dirigeant	Staline	Hitler
Surnom du chef tout-puissant	génial Petit père des peuples	Führer
....	Parti communiste	NSDAP
Embrigadement de la population	Komsomols	Jeunesse Hitlériennes
Police Politique	NKVD	Gestapo
Terreur	goulag	camp de concentrat°

5 ★★★ **Rédigez un développement construit dans lequel vous expliquerez comment l'Allemagne nazie, devenue un État totalitaire et raciste, est à l'origine de la Seconde Guerre mondiale.**

....

Auto évaluation Très bien ☐ Bien ☐ Pas assez bien ☐

HISTOIRE

3 L'expérience du Front populaire

→ Corrigés p. II

Observer et retenir

■ Georges Clemenceau, arrivé au pouvoir en 1917 avec la fin de l'Union sacrée, mène la France à la victoire, mais le pays sort fragilisé, car l'opinion publique se divise et la vie politique est instable.

■ **Le congrès de Tours de 1920** marque la scission de la SFIO entre sa partie minoritaire, conduite par Léon Blum, qui maintient la SFIO, et sa partie majoritaire, qui fonde la SFIC en acceptant les 21 conditions de la IIIe Internationale de Lénine. Les milieux aisés ont peur du bolchevisme.

■ En 1931, la crise économique mondiale touche la France et les politiques anticrise sont inefficaces. En février 1934, la République est menacée par les ligues d'extrême droite antiparlementaires. C'est pourquoi les syndicats et partis de gauche (socialiste, radical et communiste) s'associent et forment un **« Front populaire », qui se présente aux élections législatives de 1936 et remporte la victoire**.

■ Léon Blum devient le président du Conseil. **Les lois sociales votées en 1936** font du Front populaire une période d'embellie pour les ouvriers, mais Léon Blum doit démissionner en juin 1937, en raison des divisions internes et des attaques de la droite et de l'extrême droite.

L'Union sacrée signifie que toutes les forces politiques françaises se sont unies pour faire face à l'Allemagne lors de la déclaration de la Première Guerre mondiale. En novembre 1917, la gauche se retire et veut la paix.

■ Document 1 – Les conséquences de la IIIe Internationale fondée par Lénine en 1919

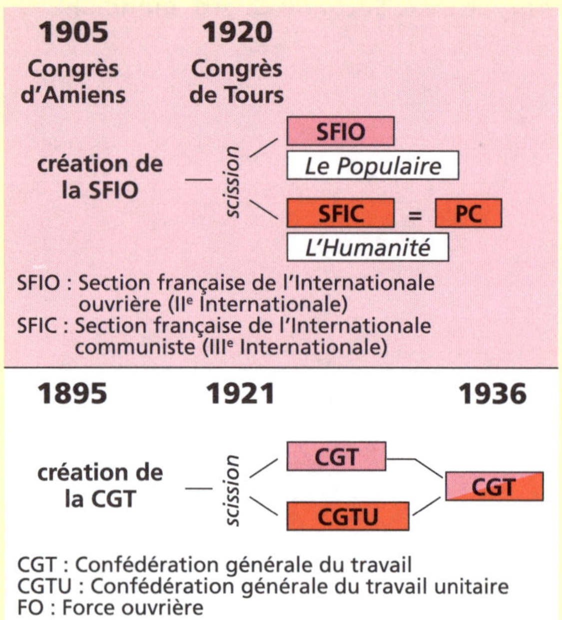

■ Document 2 – La brochure du Front populaire pour les élections législatives de 1936

S'entraîner

1 ★ Prélevez des informations dans le document 1 pour répondre aux questions.

a. À quel personnage et à quel évènement le titre du document 1 fait-il allusion ?

....

b. Quand, où et dans quelles conditions ce personnage est-il arrivé au pouvoir ?

....

....

c. Qu'est-ce que la SFIO ? la CGT ?

....

....

2 ★★ À l'aide du document 1, décrivez l'impact d'un évènement extérieur sur la France.

a. Qui est présent au congrès de Tours et quel est le thème de la discussion ?

....

....

b. Rédigez deux phrases pour indiquer les deux opinions exprimées lors de ce congrès.

....

....

....

....

c. Quelles sont les conséquences du congrès de Tours sur la vie politique et la vie syndicale en France ?

....

....

3 ★★ Situez le document 2 dans le temps en répondant aux questions.

a. Quand la brochure a-t-elle été éditée ?

....

....

b. Qui les électeurs élisent-ils aux élections législatives ?

....

....

c. Quel est le rôle des candidats élus ?

....

....

d. Nommez les trois hommes à l'origine de la brochure et indiquez le parti politique auquel ils appartiennent.

....

....

e. À quelle tendance politique ces trois partis se rattachent-ils ? Justifiez votre réponse en relevant un élément de la brochure.

....

....

4 ★★★ Donnez du sens au document 2 en complétant le tableau ci-dessous.

Ce qui est combattu	Par quelles illustrations ?	Ce qui est proposé
....	....	....
....	....	....
....	....	....

5 ★★★ Quelle est la conséquence du document 2 sur la vie politique française ?

....

....

6 ★★★ Rédigez quelques lignes montrant que l'expérience du Front populaire est une réponse aux difficultés politiques, économiques et sociales de la France des années 1930.

....

....

....

....

....

....

....

....

....

Auto évaluation Très bien ☐ Bien ☐ Pas assez bien ☐

4 La Seconde Guerre mondiale, une guerre d'anéantissement

→ Corrigés p. II

Observer et retenir

Un affrontement planétaire et une guerre d'anéantissement

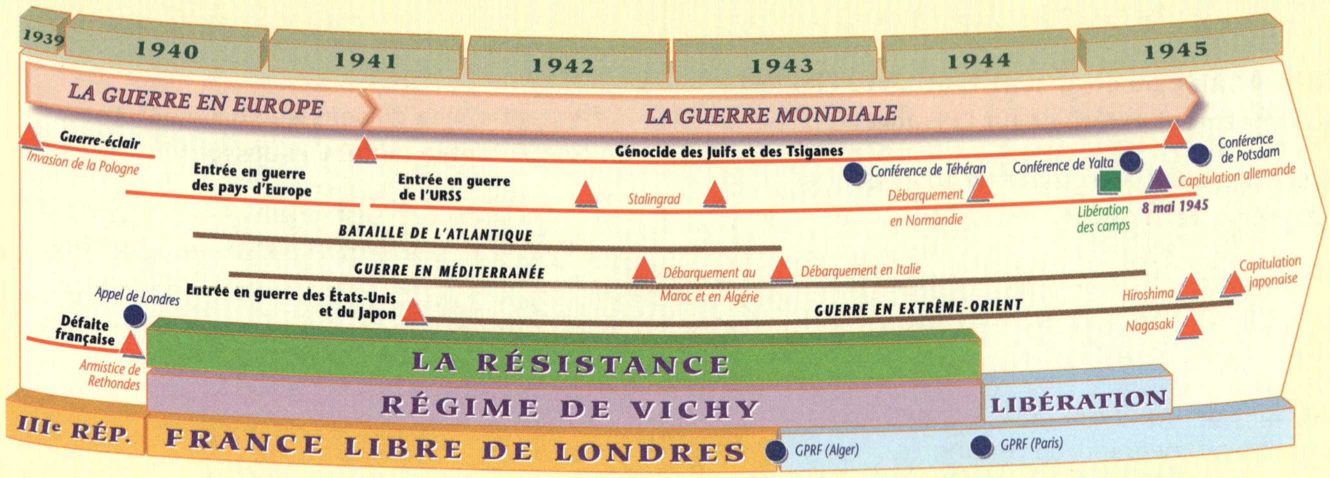

Une **guerre d'anéantissement** est une guerre qui détruit l'adversaire sans faire de distinction entre les civils et les soldats. Une **guerre totale** est une guerre qui mobilise toutes les forces humaines, militaires, économiques et psychologiques d'un État pour vaincre l'adversaire.

Document 1 – La bataille de Stalingrad (juillet 1942-février 1943)

Le 21 juin 1942, un an après avoir attaqué l'URSS par surprise, Hitler, bloqué face à Leningrad et se trouvant non loin de Moscou, lance l'opération Blau, une offensive foudroyante sur les plaines situées au sud de la Russie. L'objectif est de couper l'armée soviétique du pétrole du Caucase et de la mer Caspienne. En août 1942, la Wehrmacht bombarde violemment Stalingrad. Staline interdit à la population de quitter la ville et ordonne de la défendre jusqu'à la dernière extrémité. La *Rattenkrieg* (guerre des rats) commence. Les Soviétiques, conformément aux ordres, ont transformé « chaque quartier, chaque pâté de maison, chaque immeuble en forteresse imprenable ». L'assaut se prolonge pendant l'hiver 1942-1943. Hitler interdit à Paulus, le commandant de l'armée allemande, de battre en retraite. Cerné de tous côtés, Paulus capitule le 31 janvier 1943. Il a perdu 200 000 hommes et les 91 000 restants partent en captivité. Staline a sacrifié 1 130 000 hommes pour remporter cette victoire décisive.

Document 2 – Le camp d'Auschwitz-Birkenau en 1944

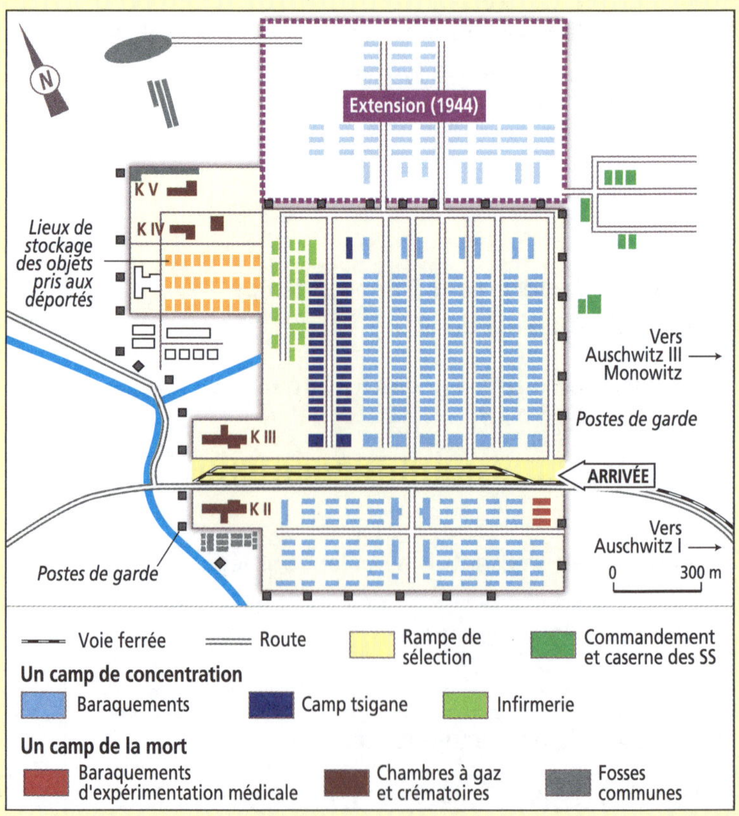

S'entraîner

1 ★ **Reportez-vous à la chronologie ci-contre pour dater et citer les évènements qui déclenchent et qui mettent fin à la Seconde Guerre mondiale.**

....

2 ★★ **Lisez le document 1 et analysez les points de vue de Staline et d'Hitler dans le tableau ci-dessous.**

La bataille de Stalingrad	vue par Hitler	vue par Staline
Un enjeu stratégique	....	....
Un enjeu psychologique	....	....
Une bataille inscrite dans la stratégie d'anéantissement	....	....
Le résultat de la bataille	....	....
Les conséquences à l'échelle de la Seconde Guerre mondiale	....	....

3 ★★ **Prélevez des informations pour expliquer le document 2.**

a. Indiquez la nature du document, sa date et le lieu représenté.

....

b. Relevez l'élément indiquant le régime politique à l'origine de l'aménagement du lieu.

....

c. Relevez les éléments expliquant le sort réservé aux personnes arrivant dans ce lieu.

....

4 ★★ **À l'aide de vos connaissances, établissez le lien entre l'idéologie nazie et l'anéantissement ou le génocide des Juifs et des Tsiganes.**

....

5 ★★★ **Dans un développement rédigé et argumenté, expliquez pourquoi la violence de masse et l'anéantissement caractérisent la Seconde Guerre mondiale.**

....

....

....

....

Auto évaluation Très bien ☐ Bien ☐ Pas assez bien ☐

5 La France défaite et occupée

→ Corrigés p. III

Observer et retenir

■ **La défaite de juin 1940** provoque l'arrivée au pouvoir du **maréchal Pétain**, qui signe l'armistice le 22 juin, se fait voter les pleins pouvoirs en juillet et met fin à la IIIe République.

■ À la tête de l'**État français de Vichy**, Pétain impose un régime autoritaire, qui efface la République et exclut les « mauvais Français », dont les Juifs. Il collabore avec l'Allemagne en mettant à son service l'administration, l'économie (le STO) et la police chargée de pourchasser les Juifs de France et les faire déporter.

■ De Londres, **le général de Gaulle** lance un appel à la résistance, le **18 juin 1940**, puis crée les Forces françaises libres, qui combattront avec les Alliés. Les résistants, par le biais de réseaux, mouvements et maquis, mènent des actions d'espionnage et de sabotage contre l'occupant nazi et luttent contre le régime de Vichy, qui nie les valeurs républicaines. Jean Moulin, chargé par de Gaulle d'unifier les mouvements de Résistance, crée le **Comité national de la Résistance** en 1943. La résistance civile et militaire participe à la réussite des débarquements et à la libération du territoire.

Pour comprendre une époque à travers des affiches de propagande, vous devez décrire le contenu de l'affiche, examiner ses couleurs, et enfin lire le slogan afin d'analyser le message transmis.

■ **Document 1 – Affiche de 1940 éditée par l'État français, ou régime de Vichy**

■ **Document 2 – Affiche réalisée par Knopf à Londres, fin 1942**

S'entraîner

1 ★★ À l'aide du document 1, caractérisez le régime politique mis en place.

a. Qui est le personnage représenté sur l'affiche et pourquoi l'est-il ?

....

....

b. Quel est son emblème et quel régime incarne-t-il ?

....

c. Quelle est la devise du nouveau régime et quels sont les procédés utilisés par l'affichiste pour l'illustrer ?

....

....

d. Les feuilles de chêne symbolisent la force et celles de laurier, la victoire : ce régime politique est-il né d'une victoire ? Justifiez votre réponse en vous appuyant sur l'évènement du 22 juin 1940.

....

....

e. Décrivez deux mesures mises en place par ce régime et révélatrices de son idéologie.

....

....

2 ★★ Référez-vous au document 2 pour analyser une autre attitude.

a. Qui sont les deux personnages d'après les objets qu'ils tiennent ?

....

....

b. Dans quelle position sont-ils représentés et que regardent-ils ?

....

....

c. Quels procédés l'affichiste utilise-t-il pour suggérer l'attachement à la République ?

....

....

d. À quel personnage le symbole ① se rapporte-t-il ? À quel évènement de la Seconde Guerre mondiale ce personnage est-il lié ? À quelle attitude ce personnage a-t-il donné naissance ?

....

....

....

e. En vous référant au slogan de l'affiche, décrivez les deux formes d'engagement symbolisées par les deux personnages.

....

....

3 ★★ Qu'est-ce que le CNR ? Qui l'a fondé ? Pour quelles raisons ?

....

....

4 ★★★ Dans un développement construit, expliquez comment la France libre et la résistance intérieure luttent contre l'occupant tout en portant les valeurs de la République.

....

....

....

....

....

....

....

....

....

....

....

....

....

....

Auto évaluation — Très bien ☐ Bien ☐ Pas assez bien ☐

6 Au temps de la guerre froide

→ Corrigés p. III

Observer et retenir

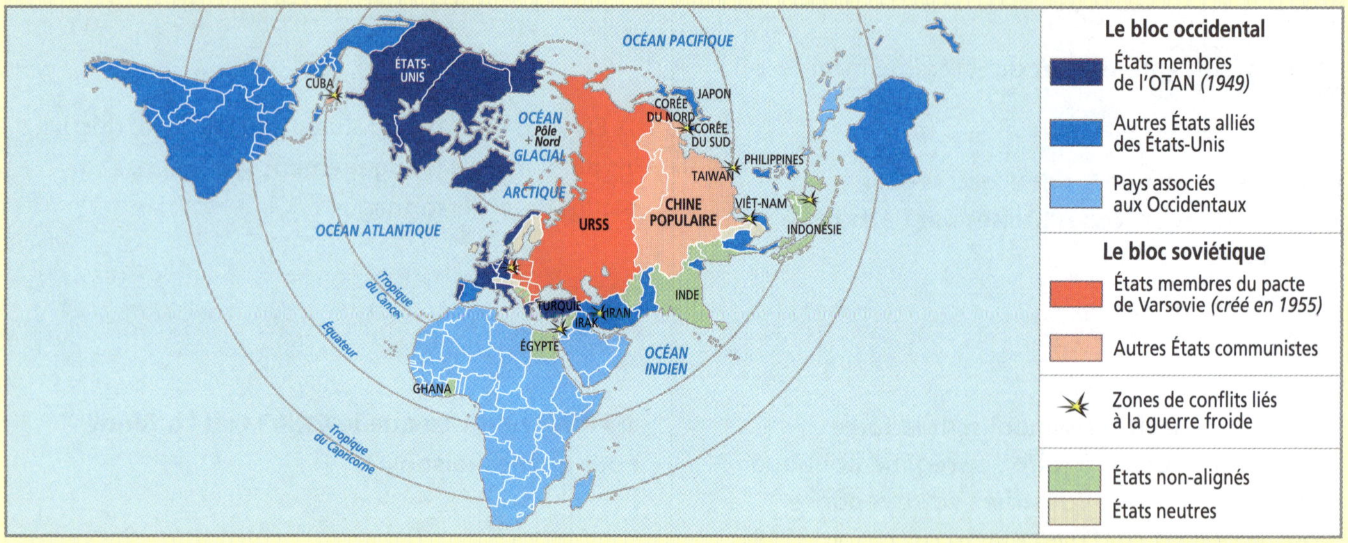

Une **caricature** est un dessin qui, par le trait et le choix des détails, accentue ou révèle les aspects d'un évènement, d'une situation, d'un personnage. Il est essentiel, pour la comprendre, de la replacer dans son **contexte** historique.

Document 1 – Une caricature d'Ernst Maria Lang, *Les Frères siamois allemands*, 1948

Légende : A : l'oncle Sam – B : Marianne – C : John Bull – D : Staline

Document 2 – Une caricature d'Herbert Kolfhaus, 30 septembre 1962

« Comment ça, une menace ?
On peut quand même bien s'adonner un peu à la pêche, non ? »
E : Khrouchtchev – F : Castro – G : Kennedy – H : l'oncle Sam

S'entraîner

1 ★ Nommez les deux blocs représentés et citez la puissance qui dirige chacun d'eux.

....

....

2 ★★ Analysez le document 1.

a. Nommez les quatre États évoqués par une lettre, puis reportez-vous à la carte et indiquez le bloc auquel ils appartiennent.

....

....

....

b. Décrivez la scène représentée. À qui la sympathie du dessinateur va-t-elle ?

....

....

....

c. Quand et comment la crise évoquée se termine-t-elle ?

....

....

3 ★★ Analysez le document 2.

a. Parmi les personnages E, F, G et H, lequel semble le plus important sur le dessin ? Pourquoi ?

....

....

b. Repérez le nom de chacun des personnages et, à l'aide des attributs dessinés, indiquez le nom de leur pays :

Personnage E : ....

Personnage F : ....

Personnages G et H : ....

c. À l'aide du dessin, expliquez la phrase prononcée par le personnage E : « Comment ça, une menace ? »

....

....

....

d. Quelle crise politique le dessinateur représente-t-il et quel risque fait-elle courir au monde ?

....

....

e. Comment la crise se termine-t-elle ?

....

....

4 ★★★ Soulignez la définition correspondant à la notion de guerre froide.

a. Une mobilisation de toutes les forces militaires, économiques et psychologiques aux États-Unis et en URSS pour vaincre l'adversaire.

b. Une situation de forte tension, mais sans affrontement direct entre les États-Unis et l'URSS entre 1947 et 1991.

c. Le déplacement sur de grandes distances des armées américaine et soviétique qui lancent des offensives.

5 ★★★ Dans un développement construit, expliquez que la guerre froide est une période de confrontation Est-Ouest engendrant des crises aux enjeux locaux ou mondiaux.

....

....

....

....

....

....

....

....

....

....

....

....

....

....

....

Auto évaluation — Très bien ☐ Bien ☐ Pas assez bien ☐

7 Indépendance et construction de nouveaux États

→ Corrigés p. IV

Observer et retenir

■ L'année 1945 donne le signal de la décolonisation car, d'une part, la charte de San Francisco de 1945 affirme le principe du droit des peuples à disposer d'eux-mêmes, et, d'autre part, l'URSS et les États-Unis condamnent le colonialisme.

■ **La phase principale de la décolonisation se déroule entre 1947 et 1962.** Elle commence en Asie, puis gagne l'Afrique. L'indépendance est négociée en Inde en 1947, et en Afrique subsaharienne dans les années 1960, mais en Algérie elle est obtenue à la suite d'une guerre, qui commence en 1954 et se termine en 1962, avec la signature des accords d'Évian.

■ En 1955, les nouveaux États d'Afrique et d'Asie, voulant se faire entendre sur la scène internationale, se réunissent à la conférence de Bandung et forment **le tiers-monde**, un nouveau bloc politique qui refuse le colonialisme et le racisme, et qui manifeste sa volonté de non-alignement. Confrontés à la croissance démographique et à la pauvreté de leur population, les nouveaux États indépendants majoritaires à l'ONU revendiquent, en 1974, un nouvel ordre économique international qui établirait des relations plus justes entre pays riches et pays pauvres.

Il est important de faire la différence entre **les harkis**, qui sont des Algériens ayant combattu aux côtés des Français pendant la guerre d'Algérie, et **les pieds-noirs**, ou **Européens d'Algérie**, qui ont été rapatriés en France en 1962.

■ **Document 1 – La une de *L'Écho d'Alger*, 7-8 novembre 1954, quotidien de tendance communiste**

4 PAGES DE SPORTS
Écho Sport...
UNE PAGE ILLUSTRÉE

L'ÉCHO D'ALGER

15 FRANCS

Tout ce qui brille... VERNICIRE

M. MITTERRAND dans une déclaration radiodiffusée :

L'ALGÉRIE C'EST LA FRANCE ET LA FRANCE NE RECONNAITRA PAS CHEZ ELLE D'AUTRE AUTORITÉ QUE LA SIENNE

LES TROUPES ÉTANT SOLIDEMENT INSTALLÉES

La véritable opération de nettoyage de l'Aurès va commencer dans quelques jours

François Mitterrand est alors ministre de l'Intérieur.

■ **Document 2 – Le bilan de plus de sept années de guerre**

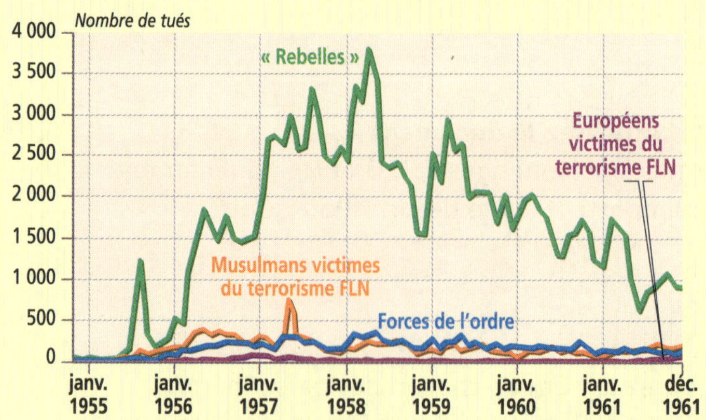

Source : Guy Pervillé, Atlas de la guerre d'Algérie de la conquête à l'indépendance, *Autrement - 2003.*

Les « rebelles » sont les nationalistes algériens qui combattent pour l'indépendance.

S'entraîner

1 ★ Analysez le document 1 en répondant aux questions.

a. Quelle est la nature précise du document 1 ?

....

....

b. Relevez l'information principale. Citez ensuite le nom du personnage qui la donne et indiquez la fonction qu'il exerce.

....

....

c. Nommez le territoire cité et indiquez son statut depuis 1830.

....

d. Expliquez le point de vue exprimé à la date du document.

....

....

2 ★ Croisez les documents 1 et 2 pour comprendre comment l'Algérie devient indépendante.

a. Que s'est-il passé quelques jours avant la parution du document 1?

....

b. De quoi ces évènements sont-ils les prémices ?

....

c. Quels noms donne-t-on aux deux communautés engagées ? Expliquez pourquoi elles ne peuvent pas se rapprocher.

....

....

d. Qu'est-ce que le FLN ? Que revendique-t-il ?

....

....

e. Quelles formes la guerre prend-elle et combien de temps dure-t-elle ?

....

....

f. Comment le document 2 exprime-t-il la violence de la guerre ?

....

....

3 ★★ Replacez la guerre d'Algérie dans le contexte international.

a. Dans quelle phase de la décolonisation la guerre d'Algérie se situe-t-elle ?

....

....

b. Quel évènement international renforce la détermination de l'Algérie à obtenir son indépendance ?

....

....

4 ★★ Replacez la guerre d'Algérie dans le contexte politique français.

a. Sous quel régime politique la guerre d'Algérie commence-t-elle ?

....

b. Sous quel régime politique s'achève-t-elle ? Par quels accords ?

....

c. Qui était alors chef d'État en France ?

....

d. Quel choix politique l'Algérie fait-elle au moment de la proclamation de son indépendance en juillet 1962 ?

....

e. Quelles sont les difficultés économiques et démographiques rencontrées par l'Algérie indépendante ?

....

....

5 ★★★ Racontez comment l'Algérie devient un État indépendant.

....

....

....

....

....

....

....

....

....

....

....

Auto évaluation Très bien ☐ Bien ☐ Pas assez bien ☐

8 Affirmation et mise en œuvre du projet européen

→ Corrigés p. IV

Observer et retenir

- En 1951, dans un monde bipolaire, la France, l'Italie, la Belgique, les Pays-Bas, le Luxembourg et la RFA proposent, pour construire un espace de paix autour de valeurs démocratiques, de placer le charbon et l'acier nécessaires à la reconstruction de l'Europe sous l'autorité de la CECA (Communauté européenne du charbon et de l'acier).
- **En 1957**, ces six pays signent **les traités de Rome**, qui créent la Communauté économique européenne (CEE) et l'Euratom. Au départ, la CEE est un marché commun avec des politiques communes, par exemple la PAC (politique agricole commune).
- Avec la fin de la guerre froide, la construction européenne s'approfondit avec **le traité de Maastricht de 1992**. Créant l'**Union européenne**, il institue une citoyenneté européenne, prévoit une politique étrangère et de sécurité, ainsi qu'une union monétaire qui aboutira à la **mise en circulation de l'euro en 2002**. Parallèlement, le nombre d'États membres augmente (de 6 États en 1957, on passe à 9, 12, 15, 27, puis 28 États en 2013).
- Depuis 2004, l'UE accueille les anciens pays communistes d'Europe de l'Est et ceux nés de l'éclatement de l'URSS.

Pour cerner le sens général d'un document, il faut être attentif à sa nature, au public auquel il est destiné et à la date à laquelle il paraît.

Document 1 – Un buvard d'écolier en 1957

Document 2 – Un dessin de Plantu, le 9 décembre 1989, suite au Conseil européen de Strasbourg

A : Helmut Kohl est le chancelier de RFA.
B : François Mitterrand est le président de la République.

S'entraîner

1 ★★ Expliquez les débuts de la construction européenne à l'aide du document 1.

a. Indiquez la date, les destinataires et le thème du document.

....

....

b. Énoncez les trois objectifs et indiquez comment ils sont illustrés graphiquement.

....

c. À quel traité ce document fait-il référence ? Quand et par qui a-t-il été ratifié ?

d. Dans quelle partie de l'Europe les pays membres ayant ratifié le traité sont-ils situés à cette date ?

e. Replacez cette date dans son contexte international et expliquez le slogan du document.

2 ★★ Présentez et analysez le document 2.

a. Quand paraît le dessin ?

b. Comptez le nombre de places autour de la table. À quoi ce nombre correspond-il ?

c. Quel est le thème évoqué au premier plan ?

d. Datez l'évènement historique représenté à l'arrière-plan et indiquez ses conséquences au niveau de l'Europe et du monde.

e. Citez le traité européen ratifié en 1992 et indiquez le nouveau nom donné à la CEE.

f. Pourquoi approfondit-il la construction européenne ?

3 ★★★ Rédigez un développement construit dans lequel vous expliquerez pourquoi les dates de 1957, 1992 et 2002 sont importantes dans l'histoire de la construction européenne.

Auto évaluation Très bien ☐ Bien ☐ Pas assez bien ☐

HISTOIRE

9 Enjeux et conflits dans le monde après 1989

→ Corrigés p. IV

Observer et retenir

- **La chute du mur de Berlin en 1989**, l'effondrement du communisme et le démantèlement de l'URSS en 1991 marquent la fin du monde bipolaire.
- Les États-Unis sont devenus l'« hyperpuissance », mais, frappés par les **attentats terroristes du World Trade Center en septembre 2001**, ils interviennent militairement en Afghanistan et en Irak. En 2013, la guerre qui s'est déroulée au Mali est un autre exemple de la lutte contre le terrorisme mondial.
- En Afrique du Nord, le « printemps arabe » a fait tomber les régimes autoritaires en Tunisie, en Égypte et en Libye ; mais, en Syrie, les combats persistent et la lutte contre l'organisation État islamique (Daech) s'intensifie.
- **Les nationalismes** liés à des conflits ethniques ou religieux se développent en Europe (ex-Yougoslavie), en Afrique (génocide rwandais) et en Asie. Au Proche-Orient, **le conflit israélo-palestinien** persiste malgré les tentatives de processus de paix. L'Iran et la Corée du Nord, sur le point de posséder **la bombe atomique**, sont des sujets d'inquiétude.
- Le monde est devenu multipolaire : l'UE s'affirme, tout comme les puissances émergentes (Brésil, Russie, Inde, Chine), qui veulent jouer un rôle sur la scène internationale.

Raconter et expliquer un évènement majeur, c'est décrire des acteurs, des lieux, des faits, en respectant **l'ordre chronologique**, c'est donner des **éléments explicatifs**, et c'est **souligner la nouveauté de l'évènement** par rapport à la situation antérieure.

Document 1 – Caricature de Fey, septembre 2009

Document 2 – Le Conseil de sécurité de l'ONU vote à l'unanimité la résolution 2249 autorisant toutes les mesures nécessaires pour lutter contre l'organisation État islamique, le 21 novembre 2015

S'entraîner

1 ★ **Rappelez les évènements majeurs qui se produisent en Allemagne en 1989 et en URSS en 1991, puis expliquez leurs enjeux à l'échelle des deux pays, à l'échelle de l'Europe et à l'échelle du monde.**

....

2 ★ Observez le document 1 et expliquez l'enjeu d'un autre évènement majeur du XXIe siècle.

a. Quel est l'État représenté par la caricature ? À quel symbole est-il reconnaissable ?

....

....

....

b. Quel évènement la caricature illustre-t-elle ? Justifiez votre réponse en décrivant l'un de ses « personnages ».

....

....

....

....

c. En quoi cet évènement ébranle-t-il cet État ?

....

....

....

....

d. Expliquez les conséquences internationales de cet évènement en décrivant le troisième « personnage » sur la caricature.

....

....

....

....

....

e. Les États-Unis sont-ils les seuls à lutter contre le terrorisme ?

....

....

....

3 ★★★ Observez le document 2 et expliquez pourquoi il illustre le même enjeu, mais avec des conflits nouveaux.

a. Qu'est-ce que le Conseil de sécurité de l'ONU ?

....

b. Rappelez sa composition et son rôle.

....

....

....

c. Quel est l'objectif de cette résolution ? Pourquoi et comment est-elle adoptée ?

....

....

....

d. Pourquoi la photographie est-elle représentative de la situation post-guerre froide ?

....

....

....

....

....

4 ★★★ En vous appuyant sur l'exemple du terrorisme, vous expliquerez les enjeux et les conflits du nouvel ordre mondial né après la guerre froide.

....

....

....

....

....

....

....

....

....

....

....

....

Auto évaluation Très bien ☐ Bien ☐ Pas assez bien ☐

10 Refonder la République, redéfinir la démocratie (1944-1947)

→ Corrigés p. V

Observer et retenir

■ **À la Libération** en 1944, les hommes issus de la Résistance considèrent l'État français de Vichy comme une parenthèse et affirment leur volonté de refonder et de rénover la République.

■ **Le général de Gaulle**, chef du Gouvernement provisoire de la République française, déclare nulles et sans effet les mesures prises sous le régime de Vichy et fait adopter **les mesures** économiques (les nationalisations), politiques (vote des femmes en 1944) et sociales (Sécurité sociale en 1945) **du programme du CNR**.

■ N'étant pas écouté lors de son discours à Bayeux en juin 1946, quand il réclame un pouvoir exécutif fort, il se retire et laisse la place aux partis politiques qui préfèrent le régime parlementaire.

■ **La Constitution de 1946**, adoptée par référendum, institue la IVe République. Celle-ci est contestée par les gaullistes et les communistes exclus du pouvoir en 1947, du fait de la guerre froide. Le régime, marqué par l'instabilité ministérielle, assure la reconstruction économique et politique du pays, mais s'enlise dans les guerres coloniales.

La **Libération** est la période allant de la libération de Paris, le 25 août 1944, à la libération totale du territoire de l'occupation étrangère, et à la capitulation de l'Allemagne, le 8 mai 1945.

■ **Document 1 – *Libération*, Paul Colin, 17 août 1944**

Paul Colin, affichiste et décorateur, n'a jamais voulu travailler pour le régime de Vichy.

■ **Document 2 – Préambule de la Constitution de 1946 (extraits)**

Au lendemain de la victoire remportée par les peuples libres […], le peuple français proclame à nouveau que tout être humain, sans distinction de race, de religion ni de croyance, possède des droits inaliénables et sacrés […].

① La loi garantit à la femme dans tous les domaines des droits égaux à ceux de l'homme […].

② Tout bien, toute entreprise, dont l'exploitation a ou acquiert les caractères d'un service public national ou d'un monopole de fait, doit devenir la propriété de la collectivité.

③ [La nation] garantit à tous, notamment à l'enfant, à la mère, aux vieux travailleurs, la protection de la santé, la sécurité matérielle, le repos et les loisirs. Tout être humain, qui en raison de son âge, de son état physique ou mental, de la situation économique, se trouve dans l'incapacité de travailler a le droit d'obtenir de la collectivité des moyens convenables d'existence.

S'entraîner

1 ★★ Présentez, puis décrivez le document 1 pour comprendre la période historique.

a. Indiquez la nature du document, sa date, ainsi que son auteur.

……………………………………………………………………

……………………………………………………………………

……………………………………………………………………

……………………………………………………………………

……………………………………………………………………

b. Précisez l'évènement qui a lieu le 25 août 1944.

....

c. Que représente l'élément A et qui permet-il d'identifier ?

....

....

d. Quel procédé artistique et quelle attitude précisent le sentiment exprimé par le visage du personnage ?

....

....

e. De quoi le personnage est-il vêtu ?

....

f. Le personnage a les mains ensanglantées : à quel autre personnage cet élément fait-il référence ?

....

g. Pourquoi le dessinateur représente-t-il un poteau (élément B) ?

....

h. Nommez les trois couleurs apparaissant en arrière-plan : de quoi s'agit-il ?

....

....

2 ★★★ Analysez le message du document 1.

a. Qui le dessinateur honore-t-il et pourquoi ?

....

....

b. Quel espoir nourrit-il ?

....

....

3 ★★★ Lisez le document 2 pour comprendre son importance.

a. Rappelez la définition du mot « constitution », puis indiquez celle dont il s'agit.

....

....

b. Quand et comment a-t-elle été adoptée ?

....

....

....

c. À quel texte officiel la première phrase du document se réfère-t-elle ?

....

....

....

d. Trois lignes numérotées matérialisent les éléments refondant la République et redéfinissent la démocratie. Complétez le tableau ci-dessous pour les expliquer.

Nature des éléments et leur explication	Mesures concrètes votées	Au nom de quel principe républicain ?
1.	....	....
2.	....	....
3.	....	....

4 ★★★ Dans un développement construit, décrivez les réformes politiques et sociales inspirées par la volonté de rénovation républicaine exprimée à la Libération.

....

....

....

....

....

....

....

....

....

....

....

Auto évaluation Très bien ☐ Bien ☐ Pas assez bien ☐

11 La Ve République, de la république gaullienne à l'alternance et à la cohabitation

→ Corrigés p. IV

Observer et retenir

■ La crise algérienne entraîne le rappel au pouvoir du général de Gaulle en juin 1958. Il met en place **des institutions stables grâce à la Constitution de 1958**, et mène une **politique de grandeur** pour la France. Mais la crise de mai 1968 ébranle son pouvoir ; il se retire de la vie politique en 1969, après l'échec du référendum sur la régionalisation et la réforme du Sénat.

■ De 1969 à 1981, ses successeurs poursuivent la pratique des institutions et modernisent la démocratie en abaissant, en 1974, la majorité civile à 18 ans. De 1981 à 2012, la Ve République est marquée par une succession d'**alternances** et par l'expérience de la **cohabitation**.

► L'**alternance** est la succession à la présidence de la République, à l'Assemblée nationale ou au gouvernement de deux tendances politiques opposées.

► La **cohabitation** est la présence à la tête de l'exécutif d'un président de la République et d'un Premier ministre de tendance politique opposée.

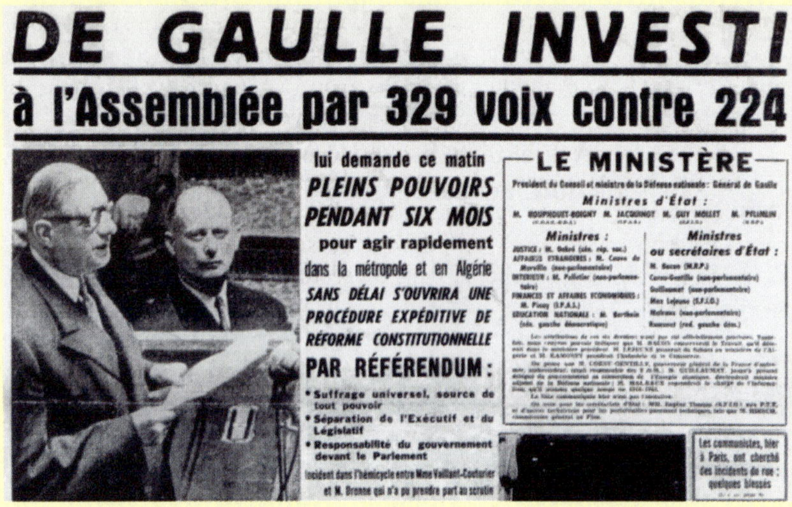

DE GAULLE INVESTI

à l'Assemblée par 329 voix contre 224

lui demande ce matin PLEINS POUVOIRS PENDANT SIX MOIS pour agir rapidement dans la métropole et en Algérie

SANS DÉLAI S'OUVRIRA UNE PROCÉDURE EXPÉDITIVE DE RÉFORME CONSTITUTIONNELLE PAR RÉFÉRENDUM :

- Suffrage universel, source de tout pouvoir
- Séparation de l'Exécutif et du Législatif
- Responsabilité du gouvernement devant le Parlement

Incident dans l'hémicycle entre Mme Vaillant-Couturier et M. Bronne qui n'a pu prendre part au scrutin

LE MINISTÈRE

Ministres d'État :

Ministres :

Ministres ou secrétaires d'État :

Les communistes, hier à Paris, ont cherché des incidents de rue : quelques blessés

■ **Document 1 – La une de *L'Aurore*, le 12 juin 1958**

■ **Document 2 – Pouvoir exécutif et pouvoir législatif sous la Ve République**

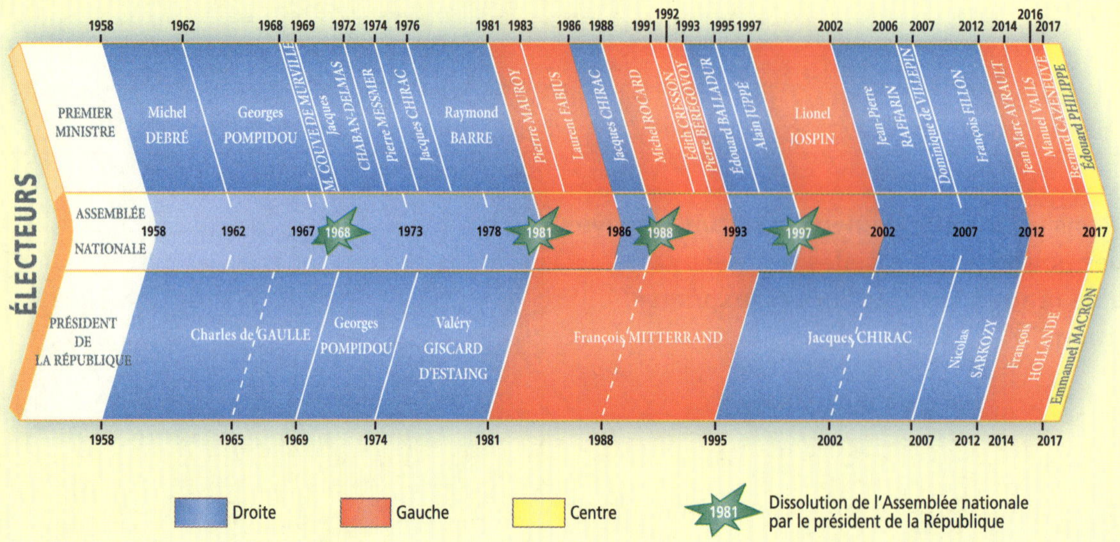

S'entraîner

1 ★★ Prélevez des informations, puis donnez du sens au document 1.

a. Indiquez la nature du document et sa date.

....

b. De quel homme politique est-il question ?

....

c. Quand et dans quelles circonstances le personnage revient-il au pouvoir ? Quelle fonction politique occupe-t-il alors ?

....

....

d. Une « réforme » est évoquée : laquelle ?

....

e. À quel texte fondamental français donnera-t-elle naissance et quel changement politique ce texte entraînera-t-il ?

....

....

f. Quelle est, selon cet homme politique, « la source de tout pouvoir » ?

....

g. Relevez dans le document deux éléments justifiant sa conception de la République et de la démocratie.

....

....

2 ★★★ Analysez le document 2 en répondant aux questions.

a. Qui détient le pouvoir exécutif ? le pouvoir législatif ?

....

....

b. À quoi les couleurs se réfèrent-elles ?

....

....

c. Nommez les présidents de la Ve République et indiquez la tendance politique de chacun.

....

....

d. Calculez la durée des différents mandats présidentiels : sont-elles identiques ? Comment l'expliquez-vous ?

....

....

e. Pourquoi 1981 est-elle une année majeure dans l'histoire de la Ve République ? Comment appelle-t-on ce changement ?

....

....

f. Combien de cohabitations la France a-t-elle connues ? À quelles dates ? Avec quels acteurs ?

....

....

....

3 ★★★ Rédigez un développement organisé dans lequel vous expliquerez que les institutions de la Ve République sont démocratiques et qu'elles s'adaptent à la succession de majorités différentes.

....

....

....

....

....

....

....

....

....

....

....

Auto évaluation — Très bien ☐ Bien ☐ Pas assez bien ☐

12 Femmes et hommes dans la société française (1950-1989)

→ Corrigés p. VI

Observer et retenir

■ Avec les **lois sociales de 1944-1945**, la population rajeunit et l'espérance de vie des Français augmente. Après les années 1970, la natalité ralentit et la France commence à vieillir.

■ La croissance économique des **Trente Glorieuses** implique le besoin de nombreux actifs et le **recours à l'immigration**. Les inégalités entre hommes et femmes s'atténuent. **L'accès à la contraception** permet aux femmes d'entrer dans le monde du travail. **Les jeunes**, nombreux, ont leur propre mode et leur propre culture.

■ À partir de 1973, la France connaît des crises, un ralentissement économique et des mutations. La recherche de la productivité et la mondialisation imposent la réduction du nombre des ouvriers et l'accroissement massif des employés et des cadres. Le chômage progresse, **la société se crispe** et **des adaptations législatives** accompagnent ces évolutions. Si la presse écrite décline à partir des années 1950, la radio, la télévision et le cinéma français, soutenus par les subventions de l'État, deviennent les vecteurs diffusant la culture.

Analyser une chronologie, c'est classer les informations (politiques, économiques, sociales ou culturelles). C'est ensuite les interpréter à l'aide de ses connaissances sur la période donnée.

■ Document 1 – Une société en mouvement

- **1954** : 5 millions de paysans, 1,6 million de cadres, 2 millions d'employés, 1,6 million d'immigrés ;
- **1956** : 3e semaine de congés payés ; fondation du planning familial ;
- **1962** : lancement de *Salut les copains* ; 53 % de bachelières ;
- **1965** : la femme peut exercer une profession sans l'autorisation de son mari ;
- **1967** : loi Neuwirth autorisant la contraception ; scolarité obligatoire jusqu'à 16 ans ; 400 000 chômeurs ;
- **1968** : mouvement étudiant ; grèves générales ; La Grande Motte, première cité de loisirs ;
- **1969** : 4e semaine de congés payés ; le SMIC remplace le SMIG ;
- **1970** : la manifestation du Mouvement de libération des femmes ; 167 000 bacheliers ;
- **1972** : trois quarts des ménages ont un réfrigérateur et la télévision ;
- **1974** : majorité à 18 ans ; immigration suspendue ;
- **1975** : loi Veil légalisant l'avortement ; divorce par consentement mutuel ; taux de natalité : 14,1 ‰ ; 3,5 millions d'immigrés ;
- **1981** : 1,5 million de chômeurs ; abolition de la peine de mort ; 1er cas de sida ;
- **1982** : semaine de 39 h ; 5e semaine de congés payés ; 1,7 million de paysans, 5 millions de cadres, 4,6 millions d'employés ;
- **1983** : loi Roudy sur l'égalité professionnelle ; Marche des Beurs pour l'égalité ; lancement du CD ;
- **1984** : 2,3 millions de chômeurs ; lancement de Canal plus (chaîne privée) ;
- **1985** : 1er Restaurant du cœur avec Coluche ; campagne SOS racisme ;
- **1987** : débat autour du Code de la nationalité ; TF1 privatisée ;
- **1988** : création du revenu minimum d'insertion.

■ Document 2 – Simone Veil, ancienne ministre de la Santé, évoque la loi de l'IVG

Pour l'élaboration de la loi […] j'ai rencontré chez les généralistes une quasi-unanimité en faveur de la loi. Quelles qu'aient pu être par ailleurs leurs convictions morales, ces hommes de terrain étaient effarés de voir les dégâts qu'entraînaient les avortements sauvages dans les couches populaires. Il fallait que la loi protège ces femmes. […]

C'est alors que les vraies difficultés ont commencé. Une partie de l'opinion, très minoritaire, mais d'une efficacité redoutable s'est déchaînée. […] La loi a été votée dans la nuit du 29 novembre par 284 voix contre 189, avec une courte majorité des voix de droite, complétée par la totalité de celles de gauche. […] La victoire était ainsi plus large que nous ne l'avions imaginée et espérée… La page législative tournée, il faudrait encore bien du temps et bien des actions pour que dans une société pourtant en mouvement, les mentalités elles-mêmes évoluent en profondeur.

Simone Veil, *Une vie*, © éditions Stock, 2007.

Corrigés

HISTOIRE

1 Civils et militaires dans la Première Guerre mondiale — p. 4

1 Document 1 : données chiffrées – Février-novembre 1916 ; Première Guerre mondiale – Verdun – Soldats ou poilus français face aux soldats allemands – Violence extrême des combats dans les tranchées ou sur le front : intensité des bombardements ; près de 70 % de soldats français mobilisés dans cette bataille ; nombreuses victimes ; dévastations de régions.

Document 2 : témoignage – 1915 ; Première Guerre mondiale – À l'est de l'Empire ottoman, près de la frontière avec la Russie – La minorité arménienne face aux autorités ottomanes, représentées par les gendarmes, policiers et brigands payés par le gouvernement font subir des violences aux civils arméniens : marche forcée, violences physiques et maltraitance, exécutions sommaires.

2 La violence de masse concerne les soldats et les civils.

3 Durant la Première Guerre mondiale, la Russie est secouée par deux révolutions. La première, en février 1917, balaie l'empire et remplace le tsar par un gouvernement provisoire. La seconde est la révolution d'octobre 1917, menée par Lénine, chef du parti bolchevik, qui réussit à faire tomber le gouvernement provisoire. Celui-ci est remplacé par un gouvernement bolchevik, dirigé par Lénine, qui attribue tout le pouvoir aux soviets et qui prend des décrets sur la terre (pour la nationaliser) et sur la paix (pour mettre fin à la guerre).
La révolution d'octobre 1917 a deux conséquences immédiates pour la Russie : après l'armistice, signé en décembre 1917, elle quitte l'Entente et signe une paix séparée avec l'Allemagne. De 1917 à 1921, période de guerre civile et de communisme de guerre, Lénine et les bolcheviks mènent une véritable dictature.

4 C'est une guerre totale car pour atteindre la victoire, les populations, l'économie et les esprits sont mobilisés par l'effort de guerre.

5 L'Europe sort transformée par les traités de paix négociés par les vainqueurs, traités que les vaincus doivent accepter sans condition. Les quatre empires sont démembrés au profit de nouveaux États, comme la Lituanie, la Lettonie, l'Estonie, la Pologne, la Tchécoslovaquie, la Hongrie et l'Autriche constituant à présent deux États indépendants, la Yougoslavie, la Turquie. L'Allemagne est redessinée par le traité de Versailles signé en 1919 : elle perd l'Alsace et la Lorraine et le corridor polonais la coupe en deux.

6 La Première Guerre mondiale transforme démographiquement les sociétés dans la mesure où près de 10 millions d'hommes jeunes, entre 18 et 25 ans, disparaissent tandis que d'autres sont mutilés. Rarissimes sont les familles qui ne connaissent pas le deuil d'un mari, d'un père, d'un fils, d'un frère. Il s'ensuit, dans l'après-guerre, un déficit des naissances. Les habitants des régions qui étaient situées le long du front perdent leurs repères. Il faut tout reconstruire alors que le déficit de population active est important (plus de 10 % de la population active masculine de 1914, sans compter les blessés et mutilés devenus inaptes au travail). Les femmes, qui ont remplacé les hommes partis au combat, ont favorisé la naissance d'un ferment d'émancipation. Par exemple, la création d'un baccalauréat féminin en 1919 est le signe de la volonté des jeunes filles d'entrer dans l'enseignement supérieur pour accéder à des métiers qualifiés.

7 Les soldats, appelés poilus, s'enterrent dans des tranchées de part et d'autre du front. En première ligne, ils ne sont qu'à quelques mètres de l'ennemi et la violence des combats accroît leur terreur. Équipés d'armes nouvelles (artillerie lourde, gaz asphyxiants, mitrailleuses), ils attendent les attaques et vivent dans la boue et le froid, au milieu des rats et des cadavres. La peur de la mort est omniprésente. Lors des bombardements, les soldats sont privés de sommeil et peuvent jeûner plusieurs heures. La nourriture étant acheminée par des roulantes, elle est froide et peut être mélangée à de la terre. S'il est une bataille significative de la violence de masse dans les tranchées, c'est celle de Verdun (février à novembre 1916) au cours de laquelle l'armée allemande devait « saigner à blanc » l'armée française. Pour quelques mètres carrés gagnés, plus de 700 000 jeunes soldats ont perdu la vie sous un déluge de feu (bombes, gaz, obus), et des milliers d'autres ont été mutilés ou traumatisés par l'enfer de Verdun. À l'arrière, la vie des civils est difficile. Ils doivent participer à l'effort de guerre en le finançant, en prenant en charge la production agricole et industrielle et en soutenant le moral des soldats. Ils vivent aussi avec les pénuries et le rationnement. Dans les régions occupées, les civils paient des indemnités aux autorités allemandes et subissent des brimades, des viols, des prises d'otage et des massacres.
Dans l'Empire ottoman, les civils arméniens subissent les violences des gendarmes, des policiers et des brigands payés par le gouvernement. En 1915, l'ordre est donné de les expulser de chez eux. Des marches forcées éliminent les plus fragiles, les amènent dans des camps où ils sont exécutés. Le génocide arménien a provoqué la mort d'environ un million et demi de personnes.

2 Les expériences totalitaires de l'entre-deux-guerres — p. 6

1 La Russie est déstabilisée par la Première Guerre mondiale. Le peuple a faim, le tsar est jugé responsable de la situation catastrophique du pays par les partis politiques. La révolution spontanée de février 1917 renverse le tsar et met en place un gouvernement provisoire, qui continue à faire la guerre et qui devient vite impopulaire. Lénine, chef des Bolcheviks, prépare alors une nouvelle révolution, celle d'octobre 1917, qui lui permet de prendre la tête d'un gouvernement bolchevik, le Conseil des commissaires du peuple. Une fois au pouvoir, les bolcheviks appliquent leurs mots d'ordre via les décrets sur la paix et sur la terre. Les partisans du tsarisme et du gouvernement provisoire, soutenus par les Britanniques et les Français, organisent la résistance au pouvoir bolchevik. C'est pourquoi celui-ci renforce la dictature en imposant le « communisme de guerre » avec l'interdiction des autres partis politiques, la nationalisation de l'industrie et la création d'une police politique traquant les ennemis du régime.
En Allemagne, les nationalistes, humiliés par le *Diktat* de Versailles et l'agitation révolutionnaire, fragilisent la République de Weimar. Le choc de la crise économique mondiale entraîne la faillite des entreprises et la montée du chômage (6 millions en 1933). Hitler, à la tête du NSDAP depuis 1920, récupère le mécontentement des chômeurs et des milieux d'affaires et devient le « dernier espoir ». Malgré ses résultats électoraux insuffisants, il est appelé légalement au poste de chancelier le 30 janvier 1933 par le président de la République.

2 a. Staline est le secrétaire général du Parti communiste, le parti unique.
b. Le Parti communiste, qui est le *parti unique* ; la terreur rendue possible par l'action de la *police politique* qui traque et arrête les opposants politiques pour les exécuter, les déporter dans les *goulags* ou les juger lors des *grands procès de Moscou*.
c. Trotski est exclu du parti unique et doit s'exiler.
d. La décision de planifier l'économie par le lancement du premier plan quinquennal en 1928 et la collectivisation des terres imposée par Staline en 1929. L'économie passe sous le contrôle de l'État, les terres sont organisées en deux types d'exploitations collectives, les kolkhozes et les sovkhozes. Staline veut liquider les *koulaks* ou opposants à sa collectivisation des terres.

3 a. La suspension des libertés fondamentales par décret du chancelier après l'incendie du Reichstag par les nazis, le vote des pleins pouvoirs à Hitler rendant le travail législatif du Reichstag inutile, la loi permettant au chancelier d'écarter tout magistrat ou fonctionnaire lui paraissant « gênant », l'arrestation des dirigeants syndicaux, le NSDAP devenant le parti unique, l'ouverture d'un camp de concentration pour les opposants au régime et l'élimination des SA, les groupes paramilitaires du NSDAP.
b. Les lois de Nuremberg de 1935, appelées aussi « loi pour la protection du sang et de l'honneur allemands », illustrent l'idéologie raciste du régime nazi. Hitler est convaincu de la supériorité de la race aryenne et de l'infériorité des Juifs et des Tsiganes. C'est pourquoi ces lois interdisent aux Juifs de se marier avec un sujet

de sang allemand, d'avoir des relations sexuelles hors mariage avec un sujet de sang allemand, d'employer à leur service des femmes de ménage de sang allemand de moins de 45 ans, de hisser le drapeau allemand. Les Juifs ne sont plus reconnus comme des citoyens, ils sont humiliés et, pendant la guerre, ils seront massacrés dans les camps d'extermination.

4

	URSS	Allemagne nazie
Nom du dirigeant	Staline	Hitler
Surnom du chef tout-puissant	génial Petit Père des peuples	le Führer
Nom du parti unique	Parti communiste	NSDAP
Embrigadement de la population	Komsomols	Jeunesses hitlériennes
Police politique	NKVD	Gestapo
Terreur	Goulag	Camp de concentration

5 Le régime nazi est un régime totalitaire et raciste qui, très vite, représente un péril pour l'Europe. Hitler est convaincu que les Allemands appartiennent à une race dite « supérieure », la race aryenne. De ce fait, il se donne le droit de constituer, par des conquêtes territoriales, un « espace vital », le « Grand Reich ». Il considère également que les peuples dits « inférieurs », les Juifs, les Tsiganes, doivent être soumis, voire exterminés. Il énonce cette théorie dans *Mein Kampf*, le livre qu'il écrit en prison et qu'il publie en 1926. Dès son arrivée au pouvoir en 1933, il met en application ses idées pour que l'Allemagne redevienne une grande puissance. Décidé à violer le *Diktat* de Versailles, il retire l'Allemagne de la SDN en 1933, noue des alliances avec les dictateurs en 1936 et en 1937 (l'Italie et le Japon) et envisage à brève échéance (4 ans) la guerre pour mener à bien la conquête de « l'espace vital » vers l'est de l'Europe. Comme il veut former une grande Allemagne qui réunirait tous les habitants de langue allemande, il annexe l'Autriche en mars 1938 (l'Anschluss) et démantèle la Tchécoslovaquie en annexant les Sudètes, après la conférence de Munich de septembre 1938. Enfin, il institue un protectorat sur la Bohême-Moravie. Cette expansion faite au nom de la langue allemande est réalisée sans aucune intervention militaire et sans réaction vive des démocraties. En revanche, quand Hitler, le 1er septembre 1939, jette son dévolu sur Dantzig et franchit avec son armée la frontière de la Pologne, il déclenche la Deuxième Guerre mondiale. Les démocraties, qui étaient restées silencieuses jusqu'à la conférence de Munich, avaient averti Hitler qu'elles ne le laisseraient plus organiser un nouveau coup de force. Mais, avant d'envahir la Pologne, Hitler prend soin de « neutraliser » l'URSS en signant le 23 août 1939 le pacte germano-soviétique, ce qui est un véritable coup de tonnerre pour les démocraties.

3 L'expérience du Front populaire p. 8

1 **a.** Il fait allusion à Lénine et à la IIIe Internationale qu'il a fondée en 1919.
b. En Russie, Lénine, le chef des bolcheviks, accède au pouvoir à l'issue de la révolution d'octobre 1917 qu'il a organisée.
c. La SFIO, ou Section française de l'Internationale ouvrière, est un parti politique fondé en 1905 ; la CGT, ou Confédération générale du Travail, est le premier syndicat français fondé en 1895.

2 **a.** Ce sont les adhérents à la SFIO et le thème de discussion se résume à « pour ou contre » l'adhésion à la IIIe Internationale de Lénine.
b. La minorité des adhérents, fidèle à Léon Blum, chef de la SFIO, se montre hostile à cette adhésion, car elle veut garder sa liberté de pensée. Au contraire, la majorité des adhérents, derrière Marcel Cachin, estime que l'adhésion est une bonne chose pour la France.
c. La SFIO se scinde en deux parties : la majorité fonde le Parti communiste français, ou SFIC, la minorité reste fidèle à Blum et demeure la SFIO. La CGT éclate aussi en deux tendances : la CGT défavorable à la IIIe Internationale et la CGTU, favorable.

3 **a.** En 1936.
b. Les députés.
c. Détenant le pouvoir législatif, les députés ont l'initiative des lois et les votent.
d. Édouard Daladier est le dirigeant du Parti radical, Léon Blum, celui de la SFIO (Section française de l'Internationale ouvrière ou Parti socialiste), et Maurice Thorez, celui du Parti communiste.
e. Ce sont des hommes de gauche, comme en témoigne le fond rouge de la brochure.

4 Contre la misère – Une maison délabrée – Pour le pain.
Contre la guerre – Un soldat mort – Pour la paix.
Contre le fascisme – Les membres des ligues font le salut nazi – Pour la liberté.

5 C'est la victoire du Front populaire aux élections de mai 1936 et la mise en place du gouvernement dirigé par Léon Blum.

6 La crise boursière, financière, économique et sociale, frappant les États-Unis en octobre 1929, touche la France en 1931. Elle se manifeste par l'accroissement du nombre de chômeurs : ils sont 150 000 en 1931 et 1 million en 1935. La situation de la France est difficile. Les gouvernements successifs ne parviennent pas à résoudre la crise, et l'influence des ligues d'extrême droite mettent à mal la démocratie parlementaire. Le 6 février 1934, les ligues manifestent devant la Chambre des députés. À l'intérieur, ces derniers votent la confiance à Daladier, le nouveau président du Conseil, qui a promis de dissoudre les ligues. Dehors, la manifestation dégénère en émeute et fait 15 morts et 1 500 blessés. Daladier démissionne. La politique ne se fait plus à l'Assemblée nationale mais dans la rue. Inquiets de cette poussée du fascisme, les syndicats et les partis de gauche appellent à la grève générale le 12 février 1934. Ils manifestent encore ensemble le 14 juillet 1935, et décident de se présenter unis aux élections législatives de 1936. Cette alliance électorale porte le nom de Front populaire et son programme électoral « pour le pain, pour la paix, pour la liberté » propose des mesures contre la crise économique et la misère, et pour la défense de la paix et des libertés de chacun.

En mai 1936, l'arrivée au pouvoir du Front populaire est un immense espoir pour le monde ouvrier. Des grèves spontanées, avec occupation d'usines et dans une ambiance de kermesse, éclatent et inquiètent le patronat. Sous la présidence de Léon Blum, avec la participation des syndicats ouvriers et du patronat, les accords de Matignon sont signés le 7 juin 1936. Pour relancer l'économie et sortir de la crise, les accords prévoient une hausse des salaires, la création des conventions collectives et la reconnaissance du droit syndical dans l'entreprise. Quelques jours plus tard, le Parlement vote les lois sociales instituant les deux semaines de congés payés et la durée de la semaine de travail à 40 heures. Malheureusement, l'ensemble de ces mesures ne résoudra pas la crise économique et n'empêchera pas la démission de Léon Blum en 1937.

4 La Seconde Guerre mondiale, une guerre d'anéantissement p. 8

1 La Seconde Guerre mondiale commence avec l'invasion de la Pologne par l'armée allemande le 1er septembre 1939. Elle se termine en deux temps. En Europe, elle se termine par la signature de l'acte de capitulation allemande le 8 mai 1945. Dans le Pacifique, après le lancement des deux bombes atomiques par les États-Unis sur Hiroshima puis sur Nagasaki en août 1945, le Japon capitule le 2 septembre 1945.

2

Un enjeu stratégique	Couper l'armée soviétique du pétrole du Caucase et de la mer Caspienne	Résister coûte que coûte
Un enjeu psychologique	Victoire sur le communisme	Victoire sur le nazisme
Une bataille inscrite dans la stratégie d'anéantissement	Bombardements violents pour une offensive foudroyante ; « la guerre des rats » ; interdiction de battre en retraite	Chaque quartier, immeuble, maison est une forteresse imprenable
Le résultat de la bataille	Pertes considérables : plus de 760 000 morts au sein de l'Axe (dont 200 000 Allemands)	Staline a sacrifié 1 130 000 hommes
Les conséquences à l'échelle de la Seconde Guerre mondiale	Défaite de l'armée allemande, donc coup d'arrêt porté à la conquête par l'Axe	Victoire soviétique décisive, puisque c'est le premier coup d'arrêt porté à l'avancée de l'Axe

3 a. Il s'agit du plan du camp d'Auschwitz-Birkenau en 1944.
b. L'expression « caserne des SS » fait référence à l'Allemagne nazie.
c. À l'arrivée du train, les déportés descendent sur le quai et sur la rampe de tri, ils sont séparés ou triés en deux groupes : certains iront dans les baraquements, d'autres iront vers les chambres à gaz.

4 Dès son arrivée au pouvoir, les premières mesures antisémites sont mises en place et, et durant la Deuxième Guerre mondiale, Hitler planifie le génocide des Juifs et des Tsiganes.

5 La Deuxième Guerre mondiale est le conflit le plus meurtrier de tous les temps.

C'est une guerre d'anéantissement, car chacun des belligérants veut obtenir la victoire totale en détruisant l'adversaire, qu'il soit militaire ou civil. En effet, les puissances de l'Axe combattent pour agrandir leur « espace vital ». Pour l'Allemagne, il se situe à l'est, et pour le Japon, en Chine et sur le continent asiatique. En Allemagne nazie, le combat est également anticommuniste. Quant aux Alliés, ils combattent pour défendre la liberté et les droits de l'homme, et Staline, à la tête de l'URSS, entend mener une guerre patriotique et antifasciste. C'est pourquoi les batailles sont d'une extrême violence (Stalingrad) ; dans le Pacifique, les États-Unis n'hésitent pas, pour en finir avec le Japon, à utiliser l'arme atomique en août 1945 (plus de 100 000 victimes à Hiroshima). Dans les villes, en Europe et en Asie, les civils subissent la violence des bombardements aériens allemands et alliés : le bombardement de Dresde par l'aviation alliée fait plus de 135 000 victimes.
La violence de masse et l'anéantissement s'expriment aussi à travers le génocide des Juifs et des Tsiganes. Hitler estime en effet que « la race aryenne » doit être protégée des « races dites inférieures » que sont pour lui les Juifs et les Tsiganes. C'est la raison pour laquelle les Einsatzgruppen, des unités mobiles de tueries formées de SS, de policiers et de soldats, les ghettos ou quartiers de villes dans lesquels les nazis enferment les Juifs, et les centres d'assassinat appelés aussi « camps de la mort », sont les éléments du dispositif planifié de l'Allemagne nazie devant régler « la solution finale de la question juive » décidée à la conférence de Wannsee en 1942. Le bilan du génocide des Juifs et des Tsiganes est terrible, puisqu'il fait plus de 6 millions de victimes. Le bilan total s'élève à 60 millions de personnes, dont, pour la première fois, une majorité de civils.

5 La France défaite et occupée — p. 12

1 a. Le maréchal Pétain, à cause de la défaite, est appelé au pouvoir en tant que président du Conseil.
b. La francisque incarne l'État français de Vichy.
c. La devise est *Travail, Famille, Patrie* ; les mots sont illustrés par un dessin : un ouvrier en bleu de travail et un paysan avec son bétail pour le travail, une mère et ses enfants pour la famille et deux drapeaux tricolores pour la patrie.
d. Non, car en juin 1940, la France est militairement vaincue ; le maréchal Pétain demande l'armistice à l'Allemagne, le 17 juin. Il le signe le 22 juin 1940.
e. Le statut des Juifs d'octobre 1940 témoigne du caractère antisémite du régime de Vichy, puisqu'il fait des Juifs des citoyens de second ordre privés de droits et d'accès à certains métiers. La police et l'administration françaises mises au service de l'Allemagne pour ce qui concerne les rafles des Juifs et leur déportation, et la création du STO, ou Service du travail obligatoire, illustrent la collaboration de Vichy avec l'Allemagne. La suppression de la devise de la République française, la suppression des libertés et la mise en place d'une police politique témoignent de l'aspect autoritaire du régime de Vichy.

2 a. Un soldat français (avec son fusil) et un ouvrier (avec sa clé).
b. Comme deux amis, ils se tiennent par les bras et regardent ensemble l'élément composé des mots *Liberté, Égalité, Fraternité*.
c. L'affichiste utilise deux symboles de la République française : le drapeau tricolore constituant le fond de l'affiche sur lequel sont dessinés les contours du sud du Royaume-Uni et du nord de la France, et la devise républicaine pointée du doigt par le soldat français. Quant au slogan, il répète deux fois l'adjectif « seul » pour qualifier la patrie et le combat contre le nazisme suggéré par la croix gammée noire présente sur la partie rouge, qui peut symboliser le sang.
d. La croix de Lorraine symbolise de Gaulle qui, par son appel lancé à la BBC depuis Londres le 18 juin 1940, incarne la Résistance française.
e. Le soldat français, depuis Londres, symbolise la résistance extérieure, ou la France libre, qui combattra surtout en Afrique et au moment de la Libération. L'ouvrier incarne la résistance intérieure, celle des réseaux et mouvements, dont le but est de mener une lutte incessante contre l'occupant. En 1943, Jean Moulin, qui revient de Londres, a pour mission d'unifier résistance intérieure et résistance extérieure sous l'autorité de De Gaulle.

3 Le CNR, ou Conseil national de la Résistance, est créé en 1943 par Jean Moulin, mais sur l'initiative du général de Gaulle. Il rassemble les mouvements de Résistance, les partis politiques et les syndicats, et reconnaît de Gaulle comme son chef. En 1944, le CNR rédige un programme à appliquer à la Libération.

4 L'appel du général de Gaulle, lancé sur la BBC le 18 juin 1940, constitue l'acte de naissance de la Résistance.

Par cet appel, le général de Gaulle engage tous les volontaires à le rejoindre pour poursuivre la lutte aux côtés du Royaume-Uni. La France libre, qu'il fonde et dont le nom évoque le combat pour la liberté, va continuer la lutte aux côtés des Alliés, essentiellement en Afrique et au moment de la Libération.
Les mouvements et les réseaux caractérisent la résistance intérieure. Les résistants mènent des actions d'éclat pour illustrer les valeurs de la République française, qu'ils entendent défendre malgré l'installation du régime de Vichy et l'occupation du pays. Sans cesse, ils mènent une lutte contre l'occupant. Ils manifestent le 14 juillet, les maquisards organisent des défilés alors qu'ils sont interdits. Sur les murs, des résistants inscrivent des slogans contre les Allemands, distribuent des tracts, impriment dans la clandestinité des journaux, sabotent les voies ferrées, multiplient les attentats, assistent les Alliés et cherchent des renseignements. Mais pour que la Résistance soit plus efficace, le général de Gaulle souhaite l'unifier et confie cette mission à Jean Moulin. C'est ainsi qu'il constitue les MUR, puis le CNR en 1943. Sous l'autorité du général de Gaulle, la résistance intérieure et la résistance extérieure, unies, participent à la victoire finale, libèrent la France et suppriment le régime de Vichy.

6 Au temps de la guerre froide — p. 14

1 L'Ouest, ou bloc occidental, est dirigé par les États-Unis ; le bloc soviétique, ou bloc communiste ou bloc de l'Est, est dirigé par l'Union des républiques socialistes soviétiques (URSS).

2 a. Les États-Unis (l'oncle Sam), la France (Marianne), John Bull (Royaume-Uni) appartiennent au bloc occidental et l'URSS (Staline) dirige le bloc soviétique.
b. Au centre, les bébés siamois représentent les secteurs d'occupation de l'Allemagne : à gauche, les trois secteurs occidentaux, et à droite, le secteur soviétique. La sympathie du dessinateur va aux trois secteurs occidentaux : les trois alliés s'occupent correctement de leur « bébé », alors que le « bébé soviétique » est effrayé par l'« ogre ».
c. En 1948, les puissances occidentales décident d'unifier leurs zones d'occupation pour constituer un État libéral. Staline s'y oppose et engage le blocus de Berlin, qui dure un an. Les Occidentaux organisent un pont aérien pour ravitailler Berlin. Cette première crise entre les Alliés débouche sur la création, en 1949, de deux États allemands : la RFA, un État libéral dans le bloc occidental, et la RDA, une démocratie populaire dans le bloc communiste. Berlin-Ouest est une ville de RFA, mais située sur le territoire de la RDA. Berlin-Est devient la capitale de la RDA.

3 a. Le personnage le plus important est le personnage E, car il est l'acteur principal de la scène représentée.
b. E : Khrouchtchev est le n° 1 soviétique ; il est reconnaissable à la faucille et au marteau visibles sur les navires dessinés à côté de lui. F : Fidel Castro, reconnaissable au cigare qu'il fume, est sur une île représentant Cuba. E et F symbolisent le bloc soviétique, ou bloc de l'Est, dirigé par l'URSS. G et H : ce sont les Américains Kennedy et oncle Sam, dont le chapeau reprend les couleurs du drapeau des États-Unis. Ils symbolisent le bloc occidental dirigé par les États-Unis.
c. La canne à pêche tenue par Khrouchtchev, en forme de fusée pointée vers le territoire des États-Unis, symbolise la menace soviétique pour ce pays. Mais Khrouchtchev, qui a pris la décision d'installer les fusées à Cuba, prétend que celles-ci ne sont pas des menaces pour les États-Unis.
d. Le dessinateur représente la crise de Cuba de 1962. Le risque était que l'une des deux puissances utilise l'arme atomique.
e. Finalement, cette crise s'achève pacifiquement : l'URSS retire ses missiles (en échange du retrait de certains missiles nucléaires

américains). Une nouvelle période dans les relations internationales commence : la détente.

4 Une situation de forte tension, mais sans affrontement direct entre les États-Unis et l'URSS de 1947 à 1991.

5 Au lendemain de la Deuxième Guerre mondiale, l'influence du communisme s'accroît rapidement dans les pays d'Europe de l'Est libérés par l'Armée rouge. Dès 1946, les États-Unis et la Grande-Bretagne s'inquiètent de la domination de l'URSS et l'accusent de faire tomber un « rideau de fer » en Europe.
La rupture se produit en 1947, quand le président américain Truman lance une politique visant à stopper l'extension du communisme et propose le plan Marshall, une aide économique et financière destinée à reconstruire l'Europe. Seuls les pays d'Europe occidentale l'acceptent. L'URSS condamne le plan et empêche les pays qu'elle contrôle d'en bénéficier. Le président des États-Unis Truman et, au nom de Staline, le Soviétique Jdanov présentent leurs deux conceptions opposées du monde et de la société. L'URSS propose comme modèle le socialisme, tel qu'il s'est instauré en URSS, et accuse les États-Unis de dominer le monde par leur économie et leur impérialisme. À l'inverse, les États-Unis défendent le libéralisme économique et la démocratie parlementaire, et dénoncent la suppression des libertés dans les pays de l'Est. Les deux pays s'accusent mutuellement de menacer la paix mondiale. Le monde est désormais bipolaire. Le bloc de l'Est, constitué autour de l'URSS, impose en 1948 la transformation des pays d'Europe orientale en démocraties populaires ; avec la proclamation par Mao Zedong de la République populaire de Chine en 1949, il se renforce encore. Le bloc de l'Ouest regroupe les États-Unis et les pays d'Europe occidentale, qui bénéficient du plan Marshall.
En Europe, l'Allemagne est au cœur des tensions qui opposent les deux Grands. Suite au blocus de Berlin de 1948-1949, sa division en deux États, la RFA et la RDA, et la crise qu'elle connaît en 1961 avec la construction du mur de Berlin témoignent de l'enjeu qu'elle représente dans les relations Est/Ouest. La chute du mur de Berlin, en 1989, marque le premier pas vers la disparition du communisme, de l'URSS et de la guerre froide.
En Asie, la victoire communiste en Chine encourage les Nord Coréens à franchir le 38e parallèle en 1950. L'ONU donne son mandat aux États-Unis pour s'opposer par les armes aux agresseurs et le général américain MacArthur commande le corps expéditionnaire qui mène la contre-offensive. Le président américain révoque MacArthur quand celui-ci propose d'utiliser la bombe atomique contre les bases chinoises à la frontière nord-coréenne. Après trois années de guerre et 2,5 millions de morts, la frontière se stabilise le long du 38e parallèle entre les deux Corée, la Corée du Nord faisant partie du bloc communiste, et la Corée du Sud faisant partie du bloc occidental. Aujourd'hui, la guerre froide est finie, mais les deux Corée sont toujours séparées. Elles n'ont signé qu'un armistice. Actuellement, on assiste à une tentative de rapprochement.
En Amérique, lors de la crise de Cuba de 1962, les deux Grands ont vérifié leur capacité de destruction mutuelle liée à leur parité nucléaire. Quand Khrouchtchev recule et enlève ses missiles, le spectre d'une troisième guerre mondiale s'éloigne, et les deux pays dirigeant les deux blocs décident l'installation du « téléphone rouge », qui inaugure une nouvelle période dans les relations internationales appelée la coexistence pacifique.

7 Indépendance et construction de nouveaux États ____ p. 16

1 **a.** Il s'agit de la une de *L'Écho d'Alger*, un quotidien régional algérien de tendance communiste paru le 7-8 novembre 1954.
b. « L'Algérie, c'est la France, et la France ne reconnaîtra pas chez elle d'autre autorité que la sienne. » Phrase prononcée par F. Mitterrand, alors ministre de l'Intérieur, en novembre 1954.
c. L'Algérie est la seule colonie française de peuplement. Elle forme trois départements et dépend du ministre de l'Intérieur.
d. La France entend conserver intact le statut de l'Algérie et s'oppose à sa volonté d'indépendance.

2 **a.** Des attentats préparés par le FLN se produisent en Algérie le 1er novembre 1954 : la « Toussaint rouge ».
b. Ils sont les prémices de la guerre d'Algérie dont l'objectif est l'obtention de l'indépendance.
c. Il y a d'un côté les Européens, ou Français d'Algérie, contre l'indépendance et de l'autre, les « rebelles », qui sont les nationalistes algériens voulant l'indépendance. Les deux catégories ne peuvent pas se rapprocher puisque la France ne reconnaît pas aux Algériens le droit de disposer d'eux-mêmes et les qualifie de « rebelles ».
d. Le FLN, ou Front de libération nationale, est un mouvement nationaliste qui veut que l'Algérie devienne un État souverain, démocratique et social, et que le système colonial soit liquidé.
e. Elle prend la forme d'une guérilla, les nationalistes algériens ne disposant pas d'une armée régulière.
f. La durée du conflit (7 ans) et le nombre des victimes (nationalistes et civils musulmans et européens).

3 **a.** Elle se situe à la fin de la phase principale (de 1947 à 1962).
b. La conférence de Bandung en 1955.

4 **a.** Sous la IVe République.
b. Elle s'achève sous la Ve République avec la signature des accords d'Évian, en mars, et l'indépendance, proclamée en juillet 1962.
c. Le général de Gaulle.
d. Dans la mesure où la guerre d'indépendance a été menée dans le cadre de la guerre froide, l'Algérie a choisi le modèle inspiré de l'URSS, à savoir une république démocratique populaire reposant sur un parti unique, et sur un système économique socialiste impliquant la nationalisation des matières premières et l'économie contrôlée par l'État.
e. L'Algérie doit faire face à la baisse démographique : des centaines de milliers de morts, le départ des pieds-noirs (les Européens rapatriés en France) et des harkis (Algériens fidèles à la France) et à une économie désorganisée par la guerre.

5 En Algérie, l'opposition est nette entre la minorité d'Européens riches et la majorité de musulmans pauvres. En 1945, les premiers incidents se produisent quand la manifestation des nationalistes algériens à Constantine et à Sétif est violemment réprimée. Mais c'est en 1954 que la guerre commence véritablement. À cette date, la France vient de perdre l'Indochine, le contexte international est favorable à l'émancipation des peuples, l'Égyptien Nasser assure son soutien à l'Algérie, et la conférence de Bandung de 1955 encourage les colonies à devenir indépendantes. Le 1er novembre 1954, le mouvement nationaliste FLN proclame son intention d'en terminer avec le système colonial et déclenche sur tout le territoire une vague d'attentats visant les intérêts français. La France ne parle pas de « guerre » mais des « évènements d'Algérie » et ne veut pas entendre parler d'indépendance. La situation se complique en mai 1958 après une insurrection à Alger. Le général de Gaulle est alors rappelé par le président de la IVe République pour diriger le gouvernement. Devenu président de la Ve République, le général de Gaulle dit dans un premier temps que l'Algérie est française, puis, en 1959, propose l'autodétermination aux Algériens. Mais une partie des Européens d'Algérie et de l'armée y est hostile et crée l'OAS, ou Organisation de l'armée secrète, qui multiplie des actions terroristes contre le FLN. En 1961, des généraux tentent un putsch à Alger, mais l'armée ne les suit pas. En mars 1962, les accords d'Évian reconnaissant l'indépendance de l'Algérie sont signés, mais les attentats de l'OAS provoquent l'expulsion des Français d'Algérie en juillet 1962. Dès lors, l'Algérie indépendante, affaiblie démographiquement et économiquement, choisit la voie socialiste pour se reconstruire.

8 Affirmation et mise en œuvre du projet européen ____ p. 18

1 **a.** Il s'agit d'un buvard d'écolier de 1957 destiné aux enfants de la CEE, plus précisément aux enfants français. Il célèbre l'œuvre européenne, dans la mesure où il est écrit que « la communauté européenne prépare un avenir meilleur » à la population.
b. Les trois objectifs sont la suppression des barrières douanières, la libre circulation des personnes et des marchandises. C'est illustré par un espace géographique sans frontières ou limites, colorié en orange et correspondant à la Communauté européenne. Comme sur une grande place, six enfants sont en train de danser en formant une ronde.
c. Le traité de Rome ratifié en 1957 par six États : la France, la Belgique, les Pays-Bas, le Luxembourg, la RFA et l'Italie.
d. En 1957, les six États membres sont dans le bloc occidental.
e. La construction européenne s'effectue dans le contexte de la guerre froide et pendant la période des Trente Glorieuses, marquées par le retour de l'espérance et de la prospérité économique.

2 **a.** Le 9 décembre 1989.
b. Il y en a douze (dont une chaise vide) correspondant aux douze pays membres de la CEE à cette date.
c. C'est le fonctionnement de la CEE.
d. Il s'agit de la chute du mur de Berlin en novembre 1989. Au niveau européen, il s'agit de la réunification de l'Allemagne, et au niveau mondial, du prélude à la fin de la guerre froide.

e. Le traité de Maastricht ; l'Union européenne.
f. Il approfondit la construction européenne, car il prévoit l'établissement d'une union économique et monétaire, d'une citoyenneté européenne et la mise en œuvre d'une politique étrangère et de sécurité commune.

3 Au cours des années 1950, dans le contexte de la guerre froide, des Européens veulent constituer en Europe un espace de paix et de prospérité.

C'est la raison pour laquelle six États (la France, la Belgique, les Pays-Bas, le Luxembourg, la RFA et l'Italie) signent, en 1957, les traités de Rome, qui créent la Communauté économique européenne, c'est-à-dire un marché commun permettant la libre circulation des personnes et des marchandises, et prévoyant la mise en place de politiques communautaires dans l'agriculture (PAC) et les transports. En 1992, la construction européenne s'approfondit avec le traité de Maastricht. Il transforme la CEE en Union européenne, institue une citoyenneté européenne, prévoit de développer des politiques communes en matière de justice, de police, d'armée, d'éducation et de formation, et enfin une monnaie unique, l'euro, qui est mise en circulation en 2002.

9 Enjeux et conflits dans le monde après 1989 — p. 20

1 La chute du mur de Berlin, la disparition de l'URSS et la chute du communisme bouleversent l'ordre mondial.
À l'échelle des États, les deux Allemagne se réunifient en 1990 et l'URSS éclate en 15 républiques indépendantes. À l'échelle de l'Europe, l'éclatement de l'URSS et la dislocation des démocraties populaires d'Europe de l'Est relancent la construction européenne. Les anciens États communistes et certaines ex-républiques d'URSS évoluent pour devenir des démocraties libérales. Être un État démocratique étant la condition nécessaire pour intégrer l'UE, ces États peuvent donc demander leur adhésion.
À l'échelle du monde, c'est la fin de la guerre froide et la fin du monde bipolaire. Les États-Unis restent la seule superpuissance que l'on qualifie d'hyperpuissance ; l'on parle d'un monde unipolaire.

2 **a.** Ce sont les États-Unis, reconnaissables à la statue de la Liberté.
b. Elle illustre les attentats du 11 septembre 2001 sur le sol américain organisés par l'organisation terroriste al-Qaida. Le dessinateur représente la statue de la Liberté se cachant les yeux, tant elle est effrayée et marquée par les évènements qui viennent de se produire (3 000 morts) et qui attentent à la liberté du peuple américain.
c. Pour la première fois de leur histoire, une organisation terroriste frappe les Américains sur leur sol. La puissance économique (attentats sur les deux tours du World Trade Center de New York) et la puissance militaire (attentat sur le Pentagone, le ministère de la Défense à Washington) des États-Unis sont touchées. La superpuissance, depuis la chute du communisme, est défiée par le terrorisme d'al-Qaida.
d. Les États-Unis veulent combattre ce qu'ils appellent « l'axe du mal » ; ils déclarent la guerre à l'Afghanistan en octobre 2001, d'où le fusil-mitrailleur qui tient la statue de la Liberté.
e. Non, car le Conseil de sécurité exige de la part du gouvernement afghan la livraison du chef d'al-Qaida, Ben Laden, et les États-Unis forment avec leurs alliés de l'OTAN et d'autres pays, comme le Japon, une coalition d'une vingtaine de nations pour lutter contre le terrorisme.

3 **a.** Le Conseil de sécurité est l'organe responsable du maintien de la paix et de la sécurité internationale au sein des Nations unies.
b. Il se compose de 15 membres, dont 5 permanents (France, Royaume-Uni, États-Unis, Russie, Chine) qui ont un droit de veto. Une résolution ne pourra être adoptée si l'un des membres permanents pose son veto. Le Conseil de sécurité est donc le véritable organe exécutif de l'ONU, car tous les États membres doivent mettre en œuvre ses décisions appelées « résolutions ».
c. L'objectif de la résolution est d'autoriser les États membres à prendre les mesures nécessaires pour coordonner leur action contre le groupe État islamique (Daech) et éliminer son sanctuaire en Syrie et en Irak. La résolution est proposée par la France, qui vient de subir les attentats islamistes de Paris et qui s'est déjà engagée militairement, avec l'aval de l'ONU, pour combattre le terrorisme au Mali.
d. Le Conseil de sécurité vote à l'unanimité la résolution 2249. Aucun des pays membres permanents ou élus pour 2 ans ne s'y est opposé. Une telle situation n'aurait pu se produire pendant la guerre froide, car le monde étant bipolaire, le danger ne pouvait venir que du bloc soviétique pour le bloc occidental, et vice versa. En cas de crise grave ou de conflit, le Conseil de sécurité ne pouvait voter une résolution, car l'URSS ou les États-Unis posaient leur veto.

4 Avec la fin de la guerre froide, le monde n'est plus concerné par les affrontements Est-Ouest. Les régimes communistes sont tombés (sauf en Chine, en Corée du Nord, au Viêt-Nam, au Laos et à Cuba). Les pays d'Europe de l'Est et de l'ancienne URSS entament une période de transition pour s'intégrer à l'Union européenne et à l'OTAN. Mais de nouveaux problèmes apparaissent, par exemple la montée des nationalismes à l'origine d'une guerre meurtrière en ex-Yougoslavie (1991-1999). Il faudra l'intervention militaire des États-Unis et des puissances européennes de l'Ouest, dans le cadre de l'ONU, pour calmer ces conflits.
Les États-Unis apparaissent comme la seule superpuissance. Pourtant, dans les années 2000, ils deviennent la cible d'États et de mouvements terroristes qui refusent leur hégémonie sur le monde. Les États-Unis sont victimes d'attentats en Europe et au Moyen-Orient, et sur leur sol (11 septembre 2001). Ils entreprennent alors leur croisade contre « l'axe du mal » et déclarent la guerre à l'Afghanistan avec l'aval de l'ONU, puis à l'Irak, sans son aval. Parallèlement, les intégrismes se développent et la prolifération de l'arme nucléaire (Pakistan, Ukraine, Corée du Nord, Irak) inquiète. La suprématie des États-Unis n'est pas sans limites, car de nouvelles puissances entendent jouer un rôle économique, politique ou diplomatique sur la scène internationale. Ce sont l'UE, le Japon, mais aussi les États émergents, comme la Chine, le Brésil, l'Inde ou la Russie. Le monde est devenu multipolaire, et la géopolitique mondiale s'en trouve bouleversée.

10 Refonder la République, redéfinir la démocratie (1944-1947) — p. 22

1 **a.** Il s'agit d'une affiche, datée du 17 août 1944 et réalisée par Paul Colin, un affichiste décorateur qui n'a jamais travaillé pour le régime de Vichy.
b. La Libération de Paris.
c. C'est le bonnet phrygien, l'un des attributs de Marianne, l'allégorie de la République.
d. Martyrisée par le régime de Vichy, qui renie la devise républicaine et installe un régime autoritaire et antisémite, Marianne ne pouvait vivre que dans l'ombre, défendue par « l'armée des ombres » ou les résistants. En août 1944, Marianne retrouve l'espoir de la victoire et son visage s'éclaire. Elle croit en la libération. Comme le passage de l'obscurité à la lumière est brutal, elle a besoin, par un geste de la main, de se protéger les yeux.
e. Ce n'est pas véritablement un vêtement, mais une étoffe portée près du corps et qui symbolise les ruines occasionnées par les bombardements de la Deuxième Guerre mondiale.
f. Il fait référence au Christ crucifié.
g. Il symbolise l'ensemble des otages et des résistants fusillés en représailles d'actions menées contre l'occupant ou le régime de Vichy, pendant la Deuxième Guerre mondiale.
h. Ce sont les couleurs du drapeau français, l'un des symboles de la République.

2 **a.** Il honore les résistants, qui se sont battus au nom de la liberté et des valeurs républicaines contre l'occupant et le régime de Vichy.
b. Le retour en la République.

3 **a.** Une constitution est un texte fondamental qui organise la vie politique d'un État et qui sépare les pouvoirs. Il s'agit de la Constitution de 1946.
b. Elle est approuvée par l'Assemblée nationale constituante en septembre et, en octobre 1946, elle est ratifiée par référendum par les citoyens français.
c. La Déclaration des droits de l'homme et du citoyen de 1789.
d. **1.** Égalité en ce qui concerne les droits pour les hommes et les femmes. Rétablissement des libertés publiques, droit de vote donné aux femmes en 1944, et élections et référendums organisés en 1945 et 1946. Une république démocratique.
2. Mesure économique : retour à la nation des biens de production ou notion d'un service public. Nationalisation des sources d'énergie, des transports, d'entreprises, de banques de 1944 à 1946. – Une république sociale.

3. Mesure sociale. – Création de la Sécurité sociale en 1945 : branche santé (remboursement des frais médicaux), branche famille (allocations familiales), branche vieillesse (pensions, retraite). Une république sociale.

4 À la Libération, conformément aux principes contenus dans le programme du CNR, le Gouvernement provisoire de la République française, dirigé par Charles de Gaulle, décide de mesures ou de réformes politiques, économiques et sociales. Il supprime les actes constitutionnels et les lois de Vichy, et réaffirme le principe d'une république démocratique en octroyant le droit de vote aux femmes, en 1944. En 1945, avec les hommes, elles se rendent aux urnes pour participer aux élections municipales, premier pas marquant le rétablissement de la vie démocratique. En décidant les nationalisations de banques, de transports, de l'énergie et de certaines entreprises, comme Renault, et en créant la Sécurité sociale en 1945, le GPRF met en place un État-providence, ou une république sociale, permettant de développer de nouveaux droits sociaux pour les Français. Tous ces principes seront notés dans le préambule de la Constitution de 1946, qui fonde la IVᵉ République.

11 La Vᵉ République, de la république gaullienne à l'alternance et à la cohabitation p. 24

1 **a.** La une du quotidien *L'Aurore*, le 12 juin 1958.
b. Il est question du général de Gaulle.
c. Pendant la guerre d'Algérie, l'insurrection de mai 1958 provoque le rappel au pouvoir du général de Gaulle par le président de la IVᵉ République René Coty. Le général de Gaulle forme un nouveau gouvernement et exerce la fonction de président du Conseil et de ministre de la Défense nationale.
d. C'est la réforme constitutionnelle.
e. Elle donne naissance à la Constitution de 1958, qui inaugure la Vᵉ République.
f. C'est le suffrage universel. Il recourt à plusieurs reprises au référendum, car il veut que les citoyens soient en accord avec lui au niveau des grandes décisions.
g. La séparation de l'exécutif et du législatif et la responsabilité du gouvernement devant le Parlement permettront d'éviter l'instabilité ministérielle de la IVᵉ République.

2 **a.** Le pouvoir exécutif est détenu par le président de la République et le Premier ministre ; le pouvoir législatif est détenu par le Parlement (l'Assemblée nationale et le Sénat).
b. Le bleu correspond à la droite, le rouge à la gauche et le jaune au centre.
c. Le général de Gaulle (droite), Georges Pompidou (droite), Valéry Giscard d'Estaing (droite), François Mitterrand (gauche), Jacques Chirac (droite), Nicolas Sarkozy (droite), François Hollande (gauche), Emmanuel Macron (centre).
d. Le général de Gaulle, Valéry Giscard d'Estaing, François Mitterrand et Jacques Chirac ont effectué un septennat ; le général de Gaulle a démissionné lors de son deuxième septennat ; Georges Pompidou est décédé en cours de mandat ; Jacques Chirac (pour son second mandat) et Nicolas Sarkozy ont effectué un quinquennat. Le mandat présidentiel est un septennat jusqu'en 2000, date à laquelle les Français ratifient par référendum le quinquennat.
e. L'année 1981 correspond à la première alternance, c'est-à-dire à l'arrivée au pouvoir d'un président de la République de gauche, pour la première fois dans l'histoire de la Vᵉ République.
f. Trois cohabitations : la première de 1986 à 1988 : François Mitterrand est le président de la République et son Premier ministre est Jacques Chirac ; la seconde de 1993 à 1995 : François Mitterrand est le président de la République et son Premier ministre est Édouard Balladur ; la troisième de 1997 à 2002 : Jacques Chirac est le président de la République et son Premier ministre est Lionel Jospin.

3 Les institutions de la Vᵉ République sont démocratiques car les citoyens élisent au suffrage universel ceux qui les gouvernent. Les citoyens peuvent aussi exprimer leur avis quand ils sont consultés par référendum. Le pouvoir exécutif et le pouvoir législatif sont séparés et le Conseil constitutionnel veille à la conformité des lois avec la Constitution. Le pluralisme politique existe (partis de droite et partis de gauche). Les institutions s'adaptent, car l'alternance de 1981 (pour la première fois dans l'histoire de la Vᵉ République, un président de la République de gauche est élu) a été possible. La cohabitation (président de la République d'une tendance politique et Premier ministre d'une autre tendance) fonctionne. La France a connu trois cohabitations : celle de 1986-1988 et de 1993-1995, avec un président de la République de gauche et un Premier ministre de droite, et celle de 1997-2002, avec un président de la République de droite et un Premier ministre de gauche. Pour éviter les cohabitations, l'exécutif a proposé aux citoyens, en 2000, un référendum pour transformer le septennat présidentiel en un quinquennat, afin que sa durée coïncide avec celle du mandat des députés.

12 Femmes et hommes dans la société française (1950-1989) p. 26

1 **a.** Le déclin du secteur primaire (le monde agricole) au profit du secteur tertiaire (plus de cadres et d'employés) ; la montée du chômage et l'augmentation du nombre des immigrés.
b. Des journaux ou magazines sont spécialement conçus pour les jeunes (*Salut les copains* en 1962) ; davantage de jeunes, dont les filles, accèdent au baccalauréat ; les étudiants, plus politisés et contestataires, s'affirment en 1968 obtiennent en 1974 l'abaissement de la majorité à 18 ans.
c. Les femmes disposent progressivement de leur corps grâce à la création du planning familial, à la loi autorisant la contraception et à la loi légalisant l'avortement.

Parallèlement, leur place dans la société s'affirme : elles peuvent travailler sans avoir recours à l'autorisation de leur mari. Elles occupent majoritairement un emploi dans les services. Leurs droits à l'intérieur de la famille s'affirment : elles ont, comme leur mari, l'autorité parentale. Durant cette période, elles conquièrent des droits leur assurant plus d'égalité, mais ce n'est pas encore une égalité parfaite.

d. Les ménages s'équipent en appareils électroménagers (réfrigérateur et télévision) ; ils profitent de la société de consommation et consomment des loisirs (3ᵉ, 4ᵉ et 5ᵉ semaines de congés payés ; la Grande Motte est l'une des stations balnéaires créées dans le cadre de l'aménagement du territoire) et regardent la télévision (naissance de nouvelles chaînes de télévision).
e. Des revendications se font plus nombreuses dans le monde du travail et chez les jeunes ; la montée du chômage et la présence d'immigrés sur le territoire suscitent des réactions xénophobes et un débat sur le Code de la nationalité naît.
f. Des associations se créent et deviennent plus actives.

2 **a.** C'est le projet de loi de dépénalisation de l'IVG, c'est-à-dire l'interruption volontaire de grossesse, ou le droit à l'avortement pour la femme présenté par Simone Veil, ministre de la Santé.
b. C'est Valéry Giscard d'Estaing et la majorité est de droite.
c. 284 députés votent « pour », soit la totalité des députés de gauche (177) et une courte majorité de députés de droite.
d. Non, car la majorité des députés de droite ne soutient pas ce projet de loi gouvernemental. Aucune voix de gauche n'a manqué.
e. « Il fallait que la loi protège ces femmes. »

3 **a.** 1965 : la femme peut exercer une profession sans l'autorisation de son mari ; 1967 : loi Neuwirth autorisant la contraception ; 1972 : loi imposant l'égalité salariale ; 1975 : loi Veil et divorce par consentement mutuel ; 1983 : loi Roudy sur l'égalité professionnelle.
b. 1967 : scolarité obligatoire jusqu'à 16 ans ; 1974 : majorité abaissée à 18 ans.

4 Depuis les années 1950, la société française connaît de profonds changements. Il faut donc des adaptations législatives pour les accompagner.

La loi abolissant la peine de mort en 1981 en est un exemple symbolique. Pour mieux prendre en compte la nouvelle place de la jeunesse et de la femme dans la société, la scolarité est rendue obligatoire jusqu'à 16 ans en 1967, et l'âge de la majorité est abaissé à 18 ans en 1974. Dans l'évolution des mœurs et de la sexualité, les changements sont notoires. Des lois garantissent davantage d'égalité et de liberté aux Françaises comme par exemple la loi de 1967 autorisant la contraception, ou celle de 1975 légalisant l'interruption volontaire de grossesse.

Sur le plan économique, la France connaît dans un premier temps la période de prospérité des Trente Glorieuses (1948-1975). Il s'ensuit des mutations au niveau de la population active. Le secteur primaire décline au profit du secteur secondaire et surtout du secteur tertiaire. Les femmes entrent dans le monde du travail et

Nouveau
Cahier du jour
Cahier du soir

Mémento visuel
Histoire-Géo E.M.C. 3e
À détacher et à conserver toute l'année !

Civils et militaires dans la Première Guerre mondiale :
août 1914 – 11 novembre 1918

DES VIOLENCES AU COMBAT

→ Une guerre industrielle avec des nouvelles armes meurtrières (obus, gaz asphyxiants, tanks).

→ L'interaction des fronts et une guerre de position dans les tranchées (conditions de vie effroyables).

→ Des batailles très meurtrières (Verdun, la Somme).

Des sociétés bouleversées :

10 millions de tués (dont 5 % de civils).

20 millions de blessés.

Des **États détruits et fragilisés** (Russie et sa révolution en 1917).

LE BILAN

La paix imposée par les vainqueurs aux vaincus et l'Europe redessinée par les traités de paix (le traité de Versailles ou *Diktat* pour l'Allemagne).

La création de la SDN.

DES VIOLENCES POUR LES CIVILS

→ Participation des civils à l'effort de guerre (travail des femmes, rationnements et réquisitions).

→ Souffrances des civils dans les zones occupées (bombardements, destructions).

→ Le génocide arménien avec ses déportations et ses massacres en 1915 (1,3 million de victimes).

Démocraties fragilisées et expériences totalitaires dans l'Europe de l'entre-deux-guerres

DEUX CAUSES LOINTAINES

- L'Allemagne humiliée par **le traité de Versailles du 28 juin 1919** et la France victorieuse mais fragilisée.
- **La Grande Dépression** partie des États-Unis en 1929 s'étend à l'Europe et au monde.

EN ALLEMAGNE

- Arrivée légale d'Hitler au pouvoir le 30 janvier 1933.
- Confiscation de la démocratie et établissement d'un État totalitaire : parti unique, culte du chef, propagande, terreur.
- Mise en place d'une idéologie et d'une législation antisémites et racistes.

La menace pour la paix

- Le renforcement militaire de l'Allemagne nazie.
- La politique de coups de force d'Hitler.
- Les pactes avec l'Italie, le Japon, l'URSS et la participation à la guerre d'Espagne.

EN FRANCE

- Instabilité ministérielle et incapacité des gouvernements à résoudre la crise.
- Manifestations des ligues d'extrême droite le 6 février 1934.
- Sursaut républicain des trois partis politiques de gauche.

L'expérience du Front populaire

- Dissolution des ligues.
- Embellie avec l'adoption de mesures sociales.
- Difficultés à résoudre la crise, tensions politiques et démission de Léon Blum.

La Seconde Guerre mondiale
septembre 1939 – septembre 1945

UNE GUERRE MONDIALE, MULTIFORME ET TOTALE

- Extension géographique des terrains d'affrontement : Europe, Afrique, Asie.
- Guerre idéologique : l'Axe agrandit son « espace vital » tandis que les Alliés œuvrent pour la liberté et combattent les dictatures.
- Mobilisation des économies des sociétés et des savants pour concevoir et produire massivement des armements à grande capacité de destruction.

UNE GUERRE D'ANÉANTISSEMENT

- Disparition de la distinction entre civils et soldats, d'où des violences extrêmes contre eux.
- Guerre d'extermination raciale menée par l'Allemagne nazie : les *Einsatzgruppen* dans les territoires occupés de l'Est, les ghettos en Europe orientale, le génocide des Juifs (Shoah) et des Tsiganes.
- Bombardements de grande ampleur des villes et bombes atomiques sur le Japon.

LE PROCÈS DE NUREMBERG

- Plus de 50 millions de morts : 60 % de civils (camps et déplacements forcés), 6 millions de Juifs et 200 000 Tsiganes.
- Une Europe en ruine et des villes japonaises anéanties.
- Un monde sous le choc après la découverte des camps de concentration et d'extermination.
- Un espoir de paix avec la création de l'ONU.
- Apparition de la notion de « crime contre l'humanité ».

Le monde depuis 1945

LA GUERRE FROIDE (1947-1991) ET L'ONU PARALYSÉE

- En 1947 se dessine un partage politique du monde en deux blocs opposés : l'Ouest, dominé par les États-Unis, et l'Est, par l'URSS.
- Dans le cadre de l'armement nucléaire (la possible destruction des deux adversaires majeurs), affrontements indirects sur le plan culturel et idéologique en Allemagne (blocus et construction du mur à Berlin), en Corée (1950-1953) et à Cuba (1962).
- La chute du mur de Berlin (1989), la dislocation de l'URSS et la fin du communisme (1991) marquent la fin de la guerre froide.

Charte de San Francisco de 1945

LA DÉCOLONISATION
Idée soutenue par les États-Unis et l'URSS

- **Des décolonisations** conflictuelles (Algérie) et/ou négociées et pacifiques (Inde, Afrique subsaharienne).
- **De nouveaux États entrant à l'ONU.**
- **Émergence du « tiers-monde ».**

- **Un nouvel ordre mondial et l'hégémonie américaine contestée** (attentats du 11 septembre 2001).
- **Des zones de tension et de conflits et la menace terroriste.**

Vers un monde multipolaire

– Élargissement de l'UE mais tensions et euroscepticisme.

– Montée en puissance des BRICS.

LE PROJET EUROPÉEN

– **Durant la guerre froide :** créer un espace de paix aux valeurs démocratiques.

– **Après la guerre froide :** approfondir la construction européenne avec le traité de Maastricht (1992).

Affirmation et mise en œuvre du projet européen

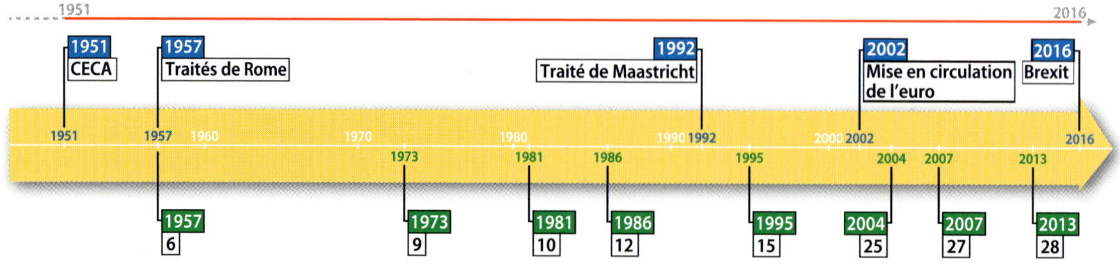

Approfondissements (augmentation du nombre et de l'intensité des politiques menées entre les États)

Élargissements (augmentation du nombre des États membres)

La République repensée

Seconde Guerre mondiale

1944-1947

La refondation de la République

- **Restaurer l'État de droit :** lois de Vichy déclarées nulles et sans effet.
- **Instituer une république démocratique :** droit de vote aux femmes (1944) et nouvelle Constitution de 1946 approuvée par référendum.
- **Instituer une démocratie sociale :** État-providence (création de la Sécurité sociale en 1945) et renforcement de la place de l'État (nationalisations d'entreprises).

1958-1969

La république gaullienne

- **Vers la fin de la IVe République :** instabilité ministérielle et guerre d'Algérie ; crise du 13 mai 1958 et appel au général de Gaulle.
- **La Constitution de 1958 approuvée par référendum :** un pouvoir exécutif fort (le président de la République peut dissoudre l'Assemblée nationale, le gouvernement est responsable devant le Parlement), encore renforcé en 1962 par l'élection du président de la République au suffrage universel direct.
- **Le départ du général de Gaulle** après le « non » au référendum de 1969 consécutif aux événements de 1968.

Depuis 1969

La Ve République s'inscrit dans la durée
Continuité du régime sous les présidences de Georges Pompidou et de Valéry Giscard d'Estaing.

La solidité des institutions
Alternances (élection du président socialiste François Mitterrand en 1981) et cohabitations sous les présidences de François Mitterrand (1986-1988, 1993-1995) et de Jacques Chirac (1997-2002).

Des réponses politiques aux évolutions de la société
- majorité à 18 ans en 1974 ;
- loi Veil en 1975 ;
- inscription de la démocratie française dans le cadre européen (élection au Parlement européen en 1979) ;
- abolition de la peine de mort en 1981 ;
- décentralisation de 1982 ;
- réformes de l'audiovisuel de 1974 à 1987 ;
- mise en place du revenu minimum d'insertion en 1988.

Les aires urbaines : une nouvelle géographie de la France mondialisée

À l'échelle nationale, les aires urbaines organisent le territoire :

- Paris, une ville-monde ;
- 12 métropoles régionales.

- 95 % de la population vit dans une ville ou sous l'influence urbaine.
- 85 % de la population vit dans une aire urbaine.
- 60 % des aires urbaines sont situées dans des espaces privilégiés et attractifs : littoraux, vallées fluviales, espaces transfrontaliers.

354 aires urbaines avec :

Des espaces centraux (ville-centre et espaces péricentraux) avec des emplois, des fonctions tertiaires, de commandement et la présence de populations aisées.

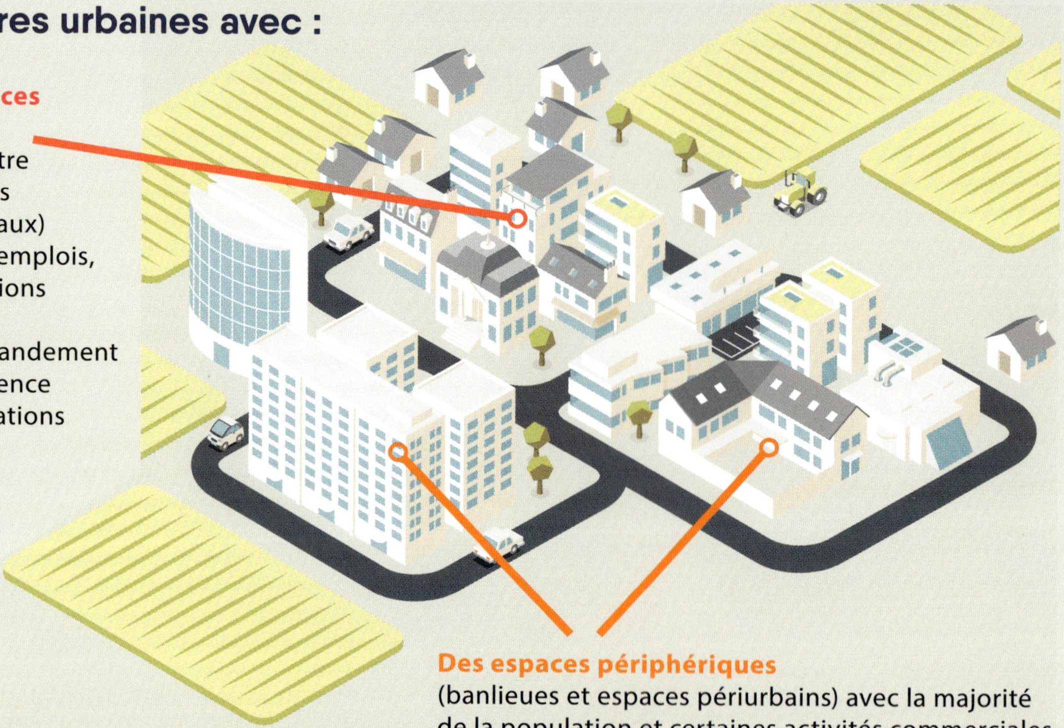

Des espaces périphériques (banlieues et espaces périurbains) avec la majorité de la population et certaines activités commerciales, de loisirs, industrielles.

Un processus d'étalement urbain d'où l'augmentation des déplacements pendulaires quotidiens entre les lieux de résidence, de travail et d'étude, de consommation et de loisirs.

Dans les espaces périphériques :

- Consommation d'espace et artificialisation des sols et des milieux.
- Modèle du pavillon individuel et mobilité automobile.
- Ségrégations sociales et spatiales.

Pourquoi aménager le territoire ?

Réduire les inégalités entre les territoires français : métropole/territoires ultramarins, Paris/régions, urbain/rural, ville-centre/banlieues.

Objectif d'équité entre les personnes et les territoires : efforts pour les espaces en difficulté, en crise économique, espaces enclavés.

Agir dans le respect de l'environnement et dans la perspective du développement durable.

Prospective : anticiper pour répondre à des besoins futurs.

Quels sont les acteurs concernés ?

ACTEURS PUBLICS

L'UE : rééquilibrage des territoires (rôle du FEDER et FSE) et financements.

L'État : politiques d'aménagement, législation (loi Montagne, loi Littoral) et financements.

Les collectivités territoriales : régions, départements, communes.

ACTEURS PRIVÉS

Les entreprises

Les citoyens : associations de citoyens se mobilisant pour ou contre des projets d'aménagement.

Quels sont les types d'aménagement ?

Des infrastructures de transport (LGV, autoroute, port, aéroport) et des services publics (complexes scolaires, hospitaliers, sportifs) pour désenclaver, revitaliser, mieux intégrer les territoires à l'Europe.

Une politique de décentralisation et de déconcentration des activités à destination d'espaces à dynamiser, une politique de la ville avec rénovation et réhabilitation de certains quartiers (requalification de friches, aide aux quartiers dits sensibles, aménagements culturels, sportifs) pour renforcer l'équité territoriale.

Des pôles de compétitivité, des pôles d'excellence rurale pour rendre compétitifs et revitaliser des territoires.

Création de parcs naturels nationaux ou régionaux à protéger, des sites à classer, prévention contre les risques.

La France et l'Union européenne

- **Une présence mondiale :** des territoires ultramarins (DROM et COM) répartis sur les océans du monde.
- **Une place particulière dans l'UE :** l'un des six membres fondateurs, Parlement européen à Strasbourg, Euronews à Lyon, une situation de carrefour entre l'Europe du Nord et l'Europe du Sud.
- **Une puissance économique et la première destination touristique mondiale.**
- **Une influence culturelle forte :** siège de l'Unesco à Paris, de la Francophonie, art, gastronomie, mode.
- **Un rôle géopolitique :** membre permanent du Conseil de sécurité de l'ONU, membre de l'Otan, membre du G7 et du G20.
- **Une présence navale et militaire :** une puissance atomique.

- **Une forte attractivité :** un espace de paix, le berceau de la démocratie et des valeurs humanistes.
- **La première zone économique du monde** avec un marché unique et une place majeure dans les échanges mondiaux (rôle de la Northern Range).

MAIS

- Une **difficulté** à jouer un rôle politique, diplomatique, de défense et de sécurité.
- **Des contrastes territoriaux** malgré les politiques territoriales visant à les réduire.

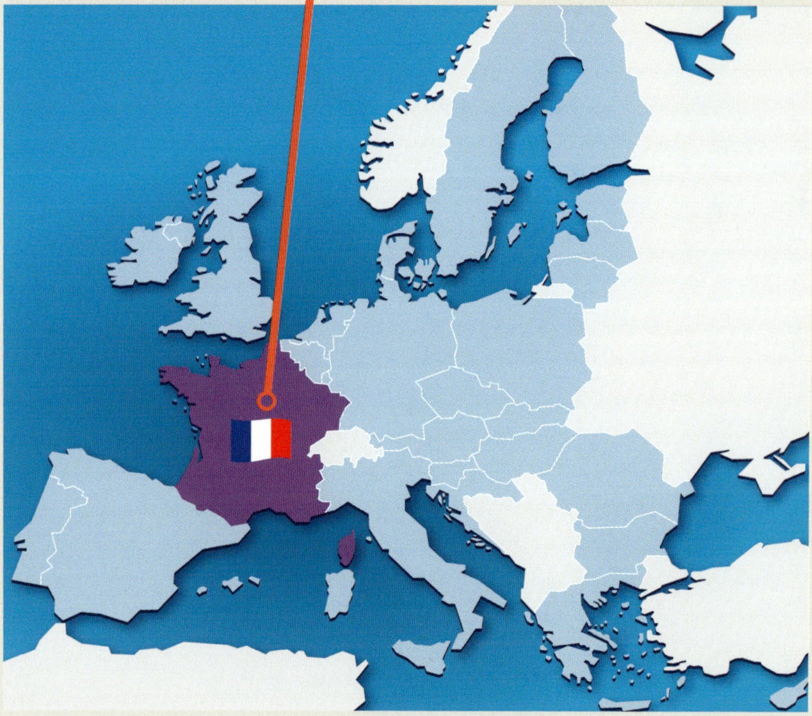

Des régions frontalières devenant transfrontalières du fait des échanges matériels et immatériels, des mobilités humaines, des aménagements dont des axes de transport (LGV Rhin-Rhône, projet ferroviaire Lyon-Turin).

elles le peuvent d'autant plus que depuis 1965, elles n'ont plus besoin d'avoir l'accord de leur mari pour exercer une activité professionnelle. Pour faire face à la croissance économique, la France fait appel aux immigrés et au début des années 1980, ils sont environ 4 millions.

Mais les chocs pétroliers de 1973 et de 1979 sont à l'origine d'une période de crise économique. Le chômage augmente et fait naître, dans la société, des signes de crispation. Les manifestations se multiplient, telles celles des infirmières, des sidérurgistes. De nouvelles formes de citoyenneté apparaissent pour venir en aide aux plus démunis. Par exemple, l'artiste de variété Coluche crée en 1985 Les Restos du cœur dont l'objectif est de fournir un repas gratuit à tous ceux qui n'ont plus les moyens de se nourrir. En 1988, une nouvelle loi instituant le RMI est votée. Son but est d'assurer aux personnes les plus démunies, victimes de la crise, un revenu minimum leur permettant de vivre dans la dignité. Tandis que les réactions xénophobes se multiplient, des associations comme SOS racisme deviennent plus actives et les Beurs, désignant celles et ceux qui sont nés sur le sol français de parents immigrés, tentent de se faire reconnaître et demandent plus d'égalité.

GÉOGRAPHIE

13 Les aires urbaines, une nouvelle géographie d'une France mondialisée p. 28

1 a. L'ensemble formé par la ville-centre et par sa banlieue est l'agglomération ou le pôle urbain ; l'ensemble formé par la ville-centre, les banlieues et la couronne périurbaine est l'aire urbaine.
b. C'est la couronne périurbaine qui profite d'un cadre de vie plus agréable : davantage d'espaces disponibles et des prix moins élevés.
c. C'est la ville-centre car la place est rare et les prix sont très élevés.
d. Ce sont des migrations pendulaires : le matin, de la couronne périurbaine vers le pôle urbain, et le soir, l'inverse.

2 a. D'une part, les agglomérations et d'autre part, l'évolution de la population des agglomérations.
b. Les agglomérations de 100 000 à plus de 1,5 million d'habitants sont représentées par des cercles de différentes tailles.
c. Un camaïeu de couleurs indique une évolution de la population des agglomérations forte, faible ou négative.

3 a. C'est Paris.
b. Elles sont situées dans un croissant périphérique s'étendant des littoraux atlantique et méditerranéen jusqu'à la région Rhône-Alpes.
c. Elles sont situées au nord et au nord-est du pays.
d. La croissance de la population d'un espace s'explique par un taux d'accroissement naturel positif (taux de natalité plus élevé que le taux de mortalité) et/ou un solde migratoire positif (plus d'entrées que de sorties de personnes).

4 a. Elles bénéficient de migrations de population internes. Les nouveaux arrivants sont attirés par l'héliotropisme (une région plus ensoleillée) et par la présence d'activités économiques génératrices d'emplois : les industries high-tech, les activités liées au tourisme.
b. Ce sont des régions de départ, car elles sont éloignées de la métropole comme certains DROM, enclavées, c'est-à-dire mal intégrées par les infrastructures de transport au territoire, ou économiquement en difficulté ou en déclin (absence d'industries de pointe et industries en reconversion).
c. Ce sont des métropoles, et leur influence s'exerce à la fois sur leur région et, pour certaines, au niveau de l'UE.
d. La métropolisation.

5 Le territoire national et sa population

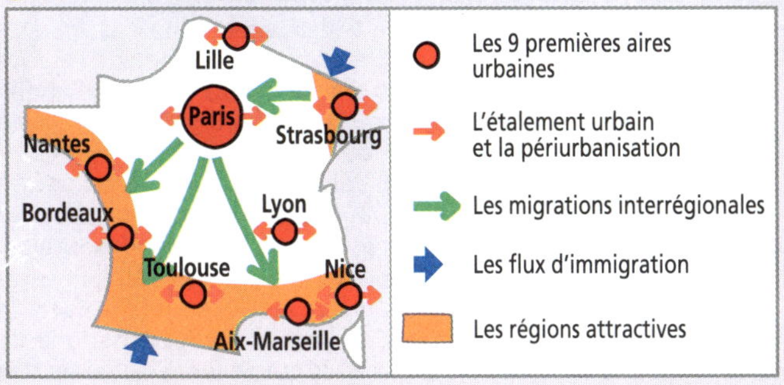

14 Les espaces productifs et leurs évolutions p. 30

1 a. Le site d'Aerolia-Méaulte est localisé près d'Albert, en Hauts-de-France, et se situe à 15 minutes de la gare TGV Haute-Picardie et de l'autoroute A1, et se trouve à proximité de l'aéroport Albert-Picardie.
b. Il s'étend sur 47,5 hectares.
c. Ce sont des infrastructures de transport rapide : l'autoroute A1, la gare TGV Haute-Picardie et l'aéroport Albert-Picardie.
d. L'activité aéronautique est implantée à Méaulte depuis le début des années 1920.
e. L'espace productif est à dominante industrielle (réponse a).

2 a. Les pointes avant des avions de la famille Airbus (A318, A380, A400M, A350XWB).
b. Depuis 2010, il existe une nouvelle unité offrant le meilleur de la technologie métallique et composite.
c. Le lycée professionnel forme sur le site des jeunes aux métiers de l'aéronautique et assure le recrutement d'une main-d'œuvre de qualité.

3 a. L'A300-600 ST Beluga, un très gros-porteur de marchandises.
b. Le Beluga permet à l'entreprise Aerolia de réaliser un gain de temps au niveau du transport des pointes avant fabriquées à Méaulte : le voyage effectué en avion est plus rapide que celui effectué en camion. Le Beluga améliore la qualité du transport : les risques sont moins élevés que sur un camion circulant sur une route et le nombre de pointes transportées par voyage est plus grand. Le Beluga permet également d'assurer en un temps court les liaisons avec les autres unités industrielles françaises et européennes, ainsi qu'avec le siège social de l'entreprise Aerolia. Tout cela rend l'entreprise plus efficace et lui assure des gains en productivité.

4 D'une part, la présence d'une main-d'œuvre de qualité et abondante et, d'autre part, l'accès à des axes de communication rapide permettant les échanges entre les différentes unités de l'entreprise en Europe et dans le monde.

5 À l'échelle locale, l'espace productif d'Aerolia-Méaulte est source d'emplois, puisqu'il est le 3e employeur du département de la Somme et le 8e employeur de l'ancienne région Picardie. Mais pour atteindre cet objectif et maintenir la compétitivité du site, des aménagements ont été nécessaires et ont été réalisés par des acteurs économiques (comme les entreprises) et des acteurs institutionnels (comme les collectivités territoriales). Tout cela a permis d'inscrire l'espace productif picard à l'échelle nationale, dans la mesure où Aerolia-Méaulte est l'une des quatre implantations du leader français des aérostructures, et à l'échelle européenne et mondiale, puisque Aerolia est une filiale d'EADS (un groupe industriel aéronautique européen) et l'un des acteurs majeurs de la construction aéronautique mondiale.

15 Les espaces de faible densité et leurs atouts p. 32

1 a. Il y en a 3 : les campagnes périurbaines du littoral et des vallées urbanisées, les campagnes agricoles et industrielles, les campagnes vieillies à très faible densité de population.
b. Les campagnes périurbaines situées autour des unités urbaines grandes et dynamiques ; les campagnes résidentielles attractives et touristiques proches des littoraux et des vallées urbanisées et les campagnes agricoles et industrielles du nord, nord-ouest et nord-est de la France.
c. Les campagnes vieillies à très faible densité correspondent aux régions de montagne (Massif central, Alpes et Pyrénées).

2 a. Le PER est une politique de l'État lancée en 2005. Son but est le soutien aux acteurs locaux qui s'engagent dans des projets économiques novateurs dans les espaces ruraux (développement économique, valorisation des atouts et services au public).
b. C'est la communauté de communes des vallées de Thônes située dans les Alpes françaises en Haute Savoie.
c. Ce sont ses alpages et ils sont mis en valeur par le développement de l'élevage laitier (bovin).
d. Ce sont des campagnes vieillies à très faible densité (rural à économie touristique très peu dense).
e. Des acteurs publics comme l'État et les collectivités territoriales, et des acteurs privés comme les habitants de cet espace qui valorisent l'activité agricole.

3 Éléments favorisant la dynamique des espaces ruraux : espace à économie résidentielle à proximité des unités urbaines dynamiques ; potentiel touristique des littoraux et des régions de mon-

tagnes valorisées par les parcs nationaux, les pôles d'excellence rurale ; régions attirantes pour les étrangers (Aquitaine, Périgord) et les retraités ; régions attractives pour leur climat et cadre de vie (actifs et retraités).
Éléments à l'origine des difficultés des espaces ruraux : position à l'intérieur du territoire et manque d'accessibilité (régions isolées) ; régions agricoles en déprise démographique ; régions industrielles en déclin ou en crise

4 La diversité des espaces ruraux français

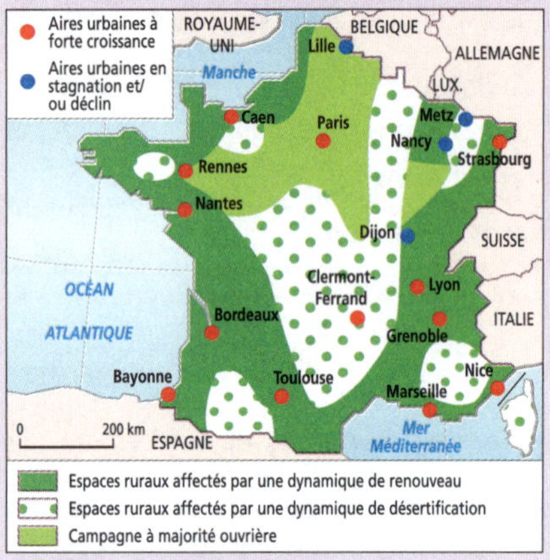

16 Aménager le territoire p. 34

1 **a.** La ville enregistre une perte de 3 000 habitants, car elle n'est plus ni ville de garnison, ni capitale régionale. Il s'agit donc à la fois de stopper son déclin et de rééquilibrer son développement, notamment au profit de sa rive gauche.
b. À l'échelle régionale et nationale : aménager la gare en lieu multimodal répond à un besoin précis, puisque plus de 700 000 voyageurs transitent à Châlons chaque année. Le report du ferroviaire sur les autres transports collectifs ou particulier satisfait les voyageurs et constitue un atout considérable pour l'attractivité de la ville, qui peut se connecter à l'ensemble des autres métropoles françaises. Créer un quartier d'affaires près de la gare est aussi un objectif à enjeu régional et national. En effet, ce nouveau quartier d'affaires est conçu pour attirer des activités tertiaires supérieures en lien avec les sièges parisiens. Il y aura donc à l'avenir pour Châlons-en-Champagne un développement d'emplois de cadres et de services marchands dédiés à l'accompagnement aux entreprises. En valorisant sa situation de carrefour autoroutier européen Est-Ouest et celle de carrefour ferroviaire, Châlons-en-Champagne aura les moyens de devenir un véritable pôle dynamique à l'échelle européenne.
c. Un certain type de services commerciaux va être développé (petits commerces alimentaires, restaurateurs, loueurs de voitures) pour répondre aux besoins et améliorer la vie des Châlonnais et des visiteurs.
Les besoins de demain sont anticipés car le quartier d'affaires est moderne et connecté : ses bâtiments comportant des cellules locatives modulables seront donc aptes à s'adapter à des évolutions futures. Pour limiter la pollution et les circulations inutiles, des aménagements spécifiques seront implantés et favoriseront le covoiturage et les modes de transport doux.

2 **a.** PRU signifie plan de rénovation urbaine.
b. Elle s'adresse aux habitants de Châlons-en-Champagne, notamment à ceux du Verbeau, un quartier situé près de la gare. Elle propose un temps de discussion aux habitants pour qu'ils se sentent concernés par la rénovation, et qu'ils puissent s'exprimer sur la conception du projet qui les concerne.

3 **a.** Pour procéder à l'aménagement, la municipalité doit rendre libres les terrains requis et procéder à l'indemnisation des éventuels propriétaires. À Châlons-en-Champagne, elles ont bloqué et ont été longues à mener.
b. L'État, la région Champagne-Ardenne, le département de la Marne, la communauté d'agglomération, l'UE, la SNCF et les propriétaires des terrains sur lesquels le projet est réalisé.
c. L'État verse des subventions par le biais du contrat de redynamisation du site de Défense puisqu'il a retiré à Châlons son statut de ville de garnison ; les lois de décentralisation permettent aux collectivités territoriales (région, département, communauté d'agglomération) de participer et de financer des projets d'aménagement ; quant au FEDER ou Fonds européen de développement régional de l'Union européenne, il aide à corriger les déséquilibres entre les régions.

4

> **Conseil**
> Une bonne carte est aussi une belle carte : coloriez avec soin !

Voir la carte à la fin des corrigés page XII.

17 Les territoires ultramarins français : une problématique spécifique p. 36

1 **a.** La Guadeloupe est un archipel situé dans l'océan Atlantique, dans l'espace régional de la Caraïbe, à proximité du continent américain (à 2 950 km de New York et à 6 800 km de la France).
b. L'insularité, avec cinq îles (ou groupe d'îles) et l'isolement ou l'éloignement par rapport à la métropole.
c. Les liaisons maritimes entre les îles de l'archipel, les ports et l'aéroport international.

2 **a.** Lorsqu'un projet de travaux publics de grande ampleur est lancé, il est prévu une procédure particulière, dite « procédure d'enquête publique », qui permet aux citoyens d'exprimer en toute liberté leur opinion sur le bien-fondé de ces travaux ou sur leurs modalités.
b. Au grand projet de port de Jarry.

3 **a.** L'aménagement d'un nouveau terminal à conteneurs susceptible d'accueillir des porte-conteneurs.
b. Un hub est le point d'un réseau international de transport qui concentre, puis redistribue les voyageurs et les marchandises vers des directions secondaires.
c. À l'échelle de la Guadeloupe, l'aménagement favorise le développement de l'archipel, puisque le trafic du port guadeloupéen va augmenter et que des emplois vont être créés. À l'échelle régionale, la Guadeloupe va pouvoir rayonner dans l'arc des Caraïbes et deviendra un point de passage obligé pour les grandes routes maritimes reliant l'Europe, l'Asie et l'Amérique. Les échanges entre la Guadeloupe et les Caraïbes vont donc s'intensifier. Tout cela favorise le rayonnement de la France dans la zone caraïbe et aussi dans le monde.

4 **a.** C'est un DROM ; l'acteur est l'État.
b. L'Union européenne.
c. La Guadeloupe est un DROM français et, comme tous les départements de France, elle fait partie de l'UE.

5 Comme tous les territoires de l'outre-mer, la Guadeloupe est marquée par le grand éloignement vis-à-vis de la métropole. Son territoire, composé de cinq groupes d'îles (la Guadeloupe continentale formée de la Basse-Terre et de la Grande-Terre, séparées par la rivière Salée, les îles voisines, l'archipel des Saintes, la Désirade et Marie-Galante), renforce les difficultés de communication. L'économie de la Guadeloupe est également fragilisée par le fait que les populations ont un niveau de vie inférieur à celui de la métropole et que le chômage y est aussi plus élevé. Ainsi, pour la mise en valeur du territoire, n'importe quel aménagement sera assorti d'un surcoût lié aux transports.
Malgré cela, la Guadeloupe dispose de potentialités, notamment dans le domaine touristique. Ses belles plages, son climat tropical tempéré, ses différentes îles en font une destination touristique appréciée par celles et ceux qui recherchent le soleil, le sable et la mer. Mais pour rendre la Guadeloupe attrayante sur le plan touristique et pour y développer un éventuel tourisme de masse, il est nécessaire que les politiques d'aménagement prennent en compte les handicaps structurels du territoire, comme l'insularité ou l'accès à l'archipel. Bien sûr, la Guadeloupe dispose d'un aéroport international, mais celui-ci dessert essentiellement l'espace des Caraïbes, l'Amérique du Nord, deux ou trois États d'Amérique latine, et certaines métropoles françaises ou européennes. Il n'y a pas de vol à destination de l'Asie ou de l'Afrique. Le second point à prendre en compte est l'accueil des touristes. Celui-ci est encore limité, car l'archipel est pénalisé par le coût de la vie assez élevé et par l'image négative envoyée par la fréquence des conflits sociaux. Les collectivités territoriales locales, la France et l'Union européenne sont conscientes de ces difficultés. Pour y faire face, la Guadeloupe bénéficie du statut de région ultrapériphérique de l'UE. Cela lui assure des aides massives qui peuvent lui permettre

de repenser l'aménagement du territoire, afin qu'il assure le développement durable de l'archipel, dans l'intérêt des Guadeloupéens.

18 L'Union européenne, un nouveau territoire de référence et d'appartenance

p. 38

1 a. Le nord-est de la France et la mégalopole européenne.
b. Un effacement des frontières nationales et des zones de contact.
c. Les régions tournées vers l'UE.
d. Des associations européennes se sont constituées : l'Eurorégion TransManche, l'Eurorégion SAR-LOR-LUX, l'espace frontalier du Rhin supérieur, la Regio TriRhena.

2 a. L'espace frontalier du Rhin supérieur.
b. Il est proche de la mégalopole européenne.
c. Il s'agit de faciliter les déplacements entre les habitants des quartiers du Port-du-Rhin et de la ville de Kehl et d'améliorer le cadre de vie des quartiers et le bien-être des habitants en diminuant la pollution sonore et en améliorant la qualité de l'air.
d. L'Allemagne, la France et l'UE.
e. Sans doute pas.

3 a. Des aménagements routiers, ferroviaires, mais aussi par le tunnel sous la Manche.
b. Les métropoles européennes et les grandes agglomérations.
c. Être un espace transfrontalier est un atout important, car tous les projets d'aménagements décidés prennent appui sur un territoire régional plus large, d'échelle européenne. Ils profitent d'investissements plus importants, qui s'expliquent par la participation d'acteurs mobilisés plus nombreux : outre l'UE, les États participant au projet, les collectivités territoriales des États impliqués, les citoyens et les entreprises privées. Il en résulte un développement économique et un dynamisme dont les retombées se produisent à l'échelle locale, mais aussi à l'échelle nationale et européenne.

4 La France est un territoire bien situé à l'intérieur de l'espace de l'UE. Pourtant, longtemps, elle a développé ses réseaux de transport sans se soucier des connexions avec l'étranger. C'est la raison pour laquelle son réseau de communications est en étoile et centralisé autour de Paris. La capitale est, au fil du temps, devenue le nœud de communication majeur.
La politique des transports menée par l'UE a changé la donne, parce que, désormais, les États s'entendent pour les tracés et pour les financements. Si la connexion routière, voire autoroutière de la France avec ses voisins européens est achevée, la connexion au niveau des liaisons ferroviaires n'est pas encore terminée. Le réseau des LGV en France, qui suit les grands couloirs naturels de circulation (fleuves) et qui permet de relier entre elles les grandes métropoles françaises (Lille, Paris, Lyon, Marseille), est parfaitement connecté au réseau des LGV de la dorsale européenne. Les grandes métropoles européennes du Royaume-Uni, de Belgique, d'Allemagne ou d'Italie sont bien reliées à la France, et notamment à Paris, qui bénéficie d'un réseau de transport complet, à la fois à l'échelle nationale, à l'échelle européenne et à l'échelle mondiale. Il reste encore des aménagements à réaliser au niveau de la connexion avec la péninsule Ibérique, mais il n'en demeure pas moins que le réseau des LGV a contribué à valoriser et à renforcer la position de carrefour de la France entre l'Europe du Nord et l'Europe du Sud.

19 La France dans le monde

p. 4

1 Il faut souligner en vert, les points 1, 2, 5, 9 et 10 ; en bleu, les points 4, 6, 7 et 8.

2 a. La francophonie : 212 millions de locuteurs font un usage quotidien du français dans le monde.
b. Il existe grâce à la présence de l'Alliance française dans 137 pays, et à la qualité des 488 établissements homologués par l'Éducation nationale (les lycées français de l'étranger) présents dans 130 pays qui accueillent à la fois des élèves français et étrangers.
c. Oui, parce que la France a des atouts touristiques : 41 sites français classés au patrimoine mondial de l'UNESCO, ce qui explique en partie que la France est la première destination des touristes internationaux. Elle a des atouts artistiques : son cinéma attire les étrangers, si l'on considère le nombre d'entrées en Corée du Sud ou au Japon. Elle a des atouts gastronomiques, si l'on en juge par le succès de la marque Reflets de France diffusée par Carrefour. Elle a des atouts culturels, puisqu'elle attire les étudiants étrangers, qui ont une « envie » de France. Enfin, au point de vue marketing, les firmes étrangères donnent des noms à consonance française à leurs produits.
d. Elle s'exprime par la puissance de ses firmes, dont certaines sont reconnues mondialement, par la diversité de leurs domaines d'activité (les services, les activités de pointe) et par la présence des expatriés français à l'étranger : plus de deux millions de personnes, qui sont de jeunes qualifiés et des dirigeants d'entreprise.

3 a. À Sydney, en Australie, le 15 novembre 2015.
b. Après les attentats terroristes de Paris, l'Australie affiche sa solidarité en pavoisant l'opéra aux couleurs de la France.
c. Il représente l'unité de la nation. Il incarne la valeur de liberté et le principe d'indivisibilité pour la République française.
d. C'est un témoignage de l'influence culturelle de la France. Les pays du monde reconnaissent et adhèrent aux valeurs universelles de liberté et d'égalité incarnées par la France, patrie des droits de l'homme.

4 La présence planétaire grâce aux DROM-COM, son rôle en tant que membre permanent au Conseil de sécurité de l'ONU et son implication dans les missions de l'ONU, son appartenance à l'OTAN et son implication dans la PSDC, son lien privilégié avec l'Allemagne dans la construction européenne.

5 Les recettes liées au tourisme : la France occupe le 3e rang mondial au niveau des recettes, alors qu'elle est la 1re destination touristique mondiale. Cela signifie qu'elle n'a pas atteint son niveau optimal en matière d'accueil des touristes. La présence et l'influence économique fragilisée de la France, notamment en Afrique : cela signifie que la France est concurrencée par des États, notamment asiatiques (Chine et Japon).

6 Présence territoriale : DROM/COM, 2e ZEE mondiale, Français à l'étranger.
Influence culturelle : tourisme, gastronomie, valeurs, langue.
Influence économique : partenariat économique, entreprises françaises à l'étranger.
Influence géopolitique : membre du G7/G8, membre permanent du Conseil de sécurité de l'ONU, puissance militaire.

20 L'Union européenne dans le monde

p. 42

1 a. Elle tisse des liens diplomatiques, linguistiques, universitaires et scientifiques, économiques et financiers avec toute la planète. À l'échelle mondiale, l'UE est le premier pôle touristique et le premier pôle attirant les flux d'immigration.
b. Galileo est le système de géolocalisation européen, c'est-à-dire que par le biais de satellites, il est possible de déterminer la position exacte d'un élément sur la Terre ou dans le ciel. Ce projet de haute technologie (conception et lancement des satellites *via* les fusées Ariane) est chapeauté par l'Agence spatiale européenne (ESA), comptant une vingtaine de pays européens souvent membres de l'UE et dont le siège est à Paris.
c. L'UE est en concurrence avec les États-Unis, la Russie et la Chine. Nous pouvons constater que Galileo, plus récent, est plus précis que ses concurrents mondiaux.
d. Les utilisateurs sont l'armée mais aussi les entreprises et prochainement l'ensemble de la population européenne, qui utilisera le système *via* le téléphone portable.
e. Galileo permet aux armées de certains États européens et à des entreprises de s'affranchir du système américain GPS. Elles mettent donc fin à leur relation de dépendance vis-à-vis des États-Unis et elles acquièrent une force supplémentaire.
f. L'UE incarne les valeurs démocratiques et humanistes inscrites dans des textes fondateurs comme la Déclaration universelle des droits de l'homme de 1948. Elle est attachée au respect des droits de l'homme comme la liberté. Elle prône la lutte contre la torture, combat la peine de mort, les crimes de guerre et les génocides.

2 a. La scène se déroule dans la chambre d'un hôpital et le patient symbolise l'UE : le drapeau à 12 étoiles sur le devant du lit et le 9 mai, date de parution du dessin, correspondent à la Journée de l'Europe.
b. L'UE est représentée très affaiblie : elle est sous perfusion et a besoin d'une assistance médicale.
c. Il est fait référence à la France car La République en marche est un parti politique français. La France est un pays fondateur de l'Union européenne et elle est, avec l'Allemagne, un moteur de la construction européenne.

d. Cela veut dire qu'en 2018, l'UE n'est pas « au mieux de sa forme ». Sa cohésion est mise à rude épreuve : avec le Brexit, le Royaume-Uni va quitter l'UE à l'horizon 2019 ; les États de l'UE ont des intérêts divergents et se divisent sur certains sujets comme la crise de l'euro ou celle des migrants. Ils ne parviennent pas à parler d'une seule voix sur la scène internationale.

3 **a.** Une forte influence morale et un pôle économique mondial.
b. Un pôle majeur d'innovation et de production scientifique et technique.
c. Un espace fragile ayant du mal à relever ses défis.

4 Avec son demi-milliard d'habitants au niveau de vie élevé, l'UE est l'une des trois aires majeures de puissance mondiales aux côtés de l'Amérique du Nord et de l'Asie orientale. Elle est la première puissance économique (commerciale, industrielle et agricole) devant les États-Unis et la Chine et assure le quart du PIB mondial. Avec l'euro, elle est une puissance financière, un espace attractif par ses places boursières de Paris et Francfort, et le premier pôle d'émission et d'accueil des IDE (investissements directs étrangers). Sur le plan culturel, c'est en Europe que sont nées la démocratie et la république. Depuis le début de la construction européenne, l'UE est un pôle de paix, de démocratie et de développement. L'UE est aussi la première destination touristique du monde et un espace attractif pour des migrants qui espèrent s'y installer et y trouver une vie meilleure. Mais la question de l'immigration divise les Européens et la définition d'une nouvelle politique européenne pour l'asile reste toujours d'actualité.
Sur le plan géopolitique, l'Union européenne contrairement aux États-Unis n'est pas un État fédéral et a du mal à définir les contours de son unité politique. Au niveau international, il existe un président du Conseil européen et un haut représentant aux affaires étrangères et à la sécurité commune, mais le poids de l'UE reste faible sur le plan diplomatique. L'harmonisation à 28 (27 États en 2019) demeure difficile du fait des disparités et des divergences existant entre les États membres qui ne s'expriment pas d'une seule voix. Sur le plan militaire, l'UE est dépendante des États-Unis et de l'OTAN car elle ne dispose pas véritablement d'une armée commune. L'Eurocorps a bien été créé mais l'Irlande, la Suède et l'Autriche veulent garder leur tradition de neutralité.

ENSEIGNEMENT MORAL ET CIVIQUE

21 Acquérir et partager les valeurs de la République p. 44

1 **a.** Une constitution est un texte fondamental qui organise la vie politique d'un État et qui sépare les pouvoirs.
b. La Déclaration des droits de l'homme et du citoyen de 1789 et le préambule de la Constitution de 1946.
c. Les droits de l'homme et la souveraineté de la nation.
d. Cela se traduit par le fait que le peuple souverain (citoyennes et citoyens) élit les représentants qui le gouvernent et que le président de la République peut le solliciter par le recours au référendum.

2 **a.** Pendant la campagne électorale, les candidats représentant les partis s'expriment, et le jour de l'élection législative, le citoyen choisit librement et à bulletin secret le candidat du parti auquel il donne son suffrage. Les candidats élus sont donc les représentants du peuple souverain et l'on parle de démocratie représentative.
b. – Le pluralisme politique ou la coexistence légale de divers partis politiques. En effet, les partis politiques se forment librement et exposent leurs idées librement par le biais des militants actifs et des médias. Sans pluralisme politique, il n'y aurait pas de débats d'idées à l'origine de la formation de l'opinion des citoyens et la démocratie ne pourrait pas vivre.
– Le droit des femmes à être élues députées, même si lors des dernières élections législatives, elles sont encore moins nombreuses que les hommes.
c. Une démocratie citoyenne pour les citoyens de la commune.
d. Les citoyens souhaitent être informés, énoncer des idées, participer aux débats que celles-ci suscitent et pouvoir prendre part aux décisions relatives à leur vie quotidienne dans leur commune.

3 **a.** À la liberté d'expression et à la liberté de pensée.
b. 1. n°2 ; 2. n°1
c. L'engagement du citoyen : il doit accomplir son devoir civique. Quand un citoyen s'abstient, il vide la démocratie de son contenu. Les dernières élections législatives prouvent qu'à peine la moitié des électeurs a accompli son devoir électoral.

4 Selon la Constitution de 1958, le principe de la République, qui est une démocratie, est un gouvernement du peuple, par le peuple et pour le peuple. Cela veut dire que les citoyens élisent, lors des élections, les représentants qui, en leur nom, représenteront la volonté générale, prendront et voteront les décisions et lois que l'ensemble des citoyens devra, dans un second temps, appliquer et respecter. C'est ce que l'on appelle la démocratie représentative. Elle est différente de la démocratie participative qui est une forme de partage et d'exercice du pouvoir fondée sur le renforcement de la participation des citoyens à la prise de la décision politique. La pratique référendaire est aussi une forme de démocratie participative puisque la procédure de vote permet de consulter directement les citoyens électeurs sur une question ou un texte qui ne sera adopté qu'en cas de réponse positive. Mais la Constitution de 1958 ne prévoit que quatre cas de référendum (l'adoption d'un projet de loi portant sur l'organisation des pouvoirs publics, l'adoption d'un projet de loi qui autoriserait la ratification d'un traité, réviser la Constitution et au niveau local, soumettre à la décision des électeurs d'une collectivité territoriale un projet d'acte relevant de sa compétence). Le recours au référendum est sans aucun doute une forme assez parfaite de démocratie, puisque chacun peut s'exprimer en dehors des élections fixées par le calendrier électoral. Mais, quand des citoyens refusent d'accomplir leur devoir civique et s'abstiennent de voter, toute forme de démocratie est vidée de son contenu et le risque est grand de mettre en place un gouvernement qui serait complètement coupé du peuple ou de permettre à un dictateur de prendre le pouvoir.
Quoi qu'il en soit, la démocratie représentative est sans doute plus commode à appliquer à l'échelle d'un État. À l'inverse, la démocratie participative pourrait être, au niveau local, la solution pour que les citoyens se sentent plus concernés dans la prise des décisions qui concernent leur vie quotidienne.

22 Fraternité et cohésion sociale p. 46

1 **a.** C'est le discours prononcé par le président de la République François Hollande, dans la cour d'honneur des Invalides, le 27 novembre 2015.
b. L'Hôtel des Invalides est un lieu de mémoire symbolisant l'attachement de la nation au devoir de « réparation ». Cet établissement est la « maison des Invalides » dont le but est de prendre en charge les blessés de guerre. En novembre 2015, ce sont les victimes des attentats terroristes dont il faut prendre soin.

2 **a.** « Le patriotisme » qui se manifeste, « des drapeaux fièrement arborés, des rassemblements spontanés, ces foules qui chantent *La Marseillaise*. » ;
Des personnes maquillées aux couleurs de la France, des drapeaux, des accessoires… une foule d'hommes et de femmes unis derrière les drapeaux brandis.
b.

Les symboles républicains	Les principe et/ou valeurs incarnés
Le drapeau tricolore, bleu, blanc, rouge	L'indivisibilité de la nation, son union et sa résistance aux coups qui lui sont portés
L'hymne national *La Marseillaise*	La liberté et la volonté de la défendre

c. C'est la devise de la République, *Liberté*, *Égalité*, *Fraternité*. La devise est évoquée par les expressions « défendre la liberté », « tout cela n'a rien à voir avec je ne sais quel rejet de l'autre », « ses principes d'espérance et de tolérance ».
d. À la Déclaration des droits de l'homme et du citoyen de 1789 qui fait de la France la patrie des droits de l'homme, et à la Déclaration universelle des droits de l'homme adoptée par les Nations unies à Paris en 1948.

3 Le sport a pour objectif d'intégrer des femmes et des hommes de toutes origines et de toutes religions. Quand le sport est collectif, ce n'est pas une seule personne qui réussit mais toute une équipe qui œuvre ensemble. Les footballeurs de l'équipe de France ont réussi à susciter une sorte de patriotisme sportif car ils ont été accompagnés et fêtés par des supporters qui ont arboré les symboles républicains. Les sportifs sont, pour le public, des modèles et ils deviennent des exemples à suivre quand ils montrent leur fierté à jouer pour leur pays et lorsque, par leurs actions, ils aident les autres.

4 L'histoire de la France est ponctuée d'événements qui ont mobilisé les citoyens sur les valeurs essentielles de la République, contenues dans la Déclaration des droits de l'homme et du citoyen de 1789, notamment dans son article premier proclamant que « les hommes naissent et demeurent libres et égaux en droits ».

Par exemple, durant la Deuxième Guerre mondiale, quand la France était dirigée par le régime de Vichy, négateur des libertés fondamentales et des valeurs républicaines, des résistants, des hommes et des femmes, des jeunes et des moins jeunes, se sont levés contre l'oppresseur, ont donné leur vie pour que la liberté et l'égalité restent des droits naturels et inaliénables pour l'homme.

Les citoyens vivent dans le sentiment que la République française véhicule les valeurs de tolérance, de laïcité, de liberté, d'égalité et de fraternité, ces trois dernières constituant notre devise. Ils se sont unis autour de celles-ci parce qu'elles constituent le ciment de notre démocratie. C'est la raison pour laquelle, à chaque fois que ces principes et/ou valeurs sont remis en cause, les citoyens réagissent collectivement pour les défendre. Cela s'est vérifié lors des heures tragiques que les Français ont vécues au moment des attentats contre *Charlie Hebdo* et ceux de Paris au cours de l'année 2015 et plus tard en 2016 et 2017. C'est aussi pour cela que les citoyens ont ressenti le besoin de se réunir autour du *Triomphe de la République*, le monument de Dalou installé place de la Nation à Paris, qu'ils ont arboré des drapeaux tricolores et qu'ils ont entonné spontanément *La Marseillaise*.

De la même manière, lors d'événements heureux, les Français ressentent aussi ce même besoin de se rassembler pour manifester collectivement leur joie. C'est ce qui s'est produit lors de la victoire de la France à la coupe du monde de football en 2018. Ce sport populaire, intégré à la culture française, s'avère être un vecteur contribuant à la cohésion sociale puisqu'il favorise la diversité en intégrant des populations diverses des quartiers et des milieux ruraux. Il favorise le « vivre-ensemble » et l'équipe de France symbolise la France plurielle et fraternelle capable de se rassembler au-delà de toutes ses différences.

23 La Défense et la sécurité p. 48

1 **a.** Le thème est l'éducation à la Défense. Les éléments sont le logo de la République, les sites Internet « défense.gouv.fr » et les destinataires sont tous les Français, filles et garçons mineurs âgés de 16 ans.

b. Le logo s'inspire de la cocarde tricolore, un symbole d'unité et de patriotisme de la nation. Il se veut être un signe incarnant le lien entre la nation (les citoyens) et les armées. On peut voir en arrière-plan les représentants issus des armées de terre, de l'air, de la marine nationale et de la gendarmerie, et en premier plan le visage d'une jeune fille. Cela signifie que le jeune est accompagné tout au long de son parcours de citoyenneté par les militaires, des hommes et des femmes qui éveillent en lui le sentiment d'appartenance à la communauté nationale, une valeur forte pour les militaires. Le slogan « Développez votre esprit de défense » résume l'idée d'une sensibilisation des jeunes citoyens aux enjeux de défense. En effet, le slogan rappelle à chacun le nécessaire soutien aux femmes et hommes de la Défense qui s'engagent quotidiennement pour protéger et garantir la liberté et l'intégrité de la France.

c. Le « recensement citoyen » à partir de 16 ans et la JDC ou journée défense et citoyenneté à 18 ans

d. Le citoyen reçoit son certificat de participation à la JDC lui accordant de nouveaux droits civiques comme l'inscription automatique à 18 ans sur les listes électorales de sa commune, le droit d'inscription aux examens, concours publics et permis de conduire.

2

	Document 1	Document 2
Cause de l'implication	Les attentats terroristes du 13 novembre 2015	Les attentats terroristes du 13 novembre 2015
Auprès de qui ?	Une ONG : la Croix-Rouge	Auprès des armées
Pour quoi faire ?	Agir pour sauver une vie	Agir pour défendre le pays, ses valeurs (notamment la liberté) et son art de vivre
Aspect de la défense illustré	Participer à la défense civile	Participer à la défense militaire

3

Exemples d'interventions	Dans quel cadre ? Pourquoi ? Pour qui ?
Suite à la résolution 2085 de l'ONU et à la demande du Mali, la France intervient pour « mettre un coup d'arrêt brutal à l'avancée des groupes djihadistes vers le sud du Mali et [pour] assurer la sécurité des 6 000 ressortissants français dans le pays ». (communiqué du ministre de la Défense)	Dans le cadre de l'ONU (résolution 2085) et à la demande du Mali (accord militaire bilatéral) ; se battre contre le terrorisme des groupes djihadistes qui attentent à l'intégrité territoriale du Mali et aux libertés des populations y vivant ; protéger les populations.
Depuis 2008, la France participe à l'opération européenne Atalante destinée à lutter contre la piraterie.	Dans le cadre de la PSDC (de l'Union européenne) respectant les résolutions de l'ONU ; combattre la piraterie dans la Corne de l'Afrique ; lutter contre l'insécurité et protéger les navires marchands et leurs équipages.

4 Pour que les jeunes puissent réfléchir aux responsabilités et aux devoirs de citoyen, ils effectuent un parcours civique, articulé autour de trois étapes (la formation à l'esprit de défense au collège et au lycée, le recensement à 16 ans à la mairie de sa commune, et la journée défense et citoyenneté). Basé sur une démarche volontaire des jeunes, ce parcours civique aboutit à l'octroi de nouveaux droits comme l'inscription sur les listes électorales d'une commune et le droit de passer des concours, examens publics et permis de conduire. Le parcours civique qui sensibilise les jeunes aux dimensions politiques, civiques et professionnelles de la Défense entretient également le lien existant entre l'armée et la nation.

Des jeunes peuvent aussi, à cette occasion, décider de s'engager au sein des armées françaises. Ils veulent devenir des professionnels capables de mener des opérations militaires, des missions humanitaires et de maintien de la paix et désirent s'engager chaque jour à défendre la liberté sur notre territoire mais aussi en Europe et sur d'autres continents.

Le service civique permet à des jeunes motivés, âgés de 16 à 25 ans, de s'engager volontairement au service de l'intérêt général, en France ou à l'étranger, pour une période allant de 6 à 12 mois, dans des domaines aussi variés que l'intervention en cas de crises, la citoyenneté, la culture et les loisirs, le développement international et l'action humanitaire, l'éducation pour tous, l'environnement, la santé, la solidarité et le sport. Sans doute qu'à l'avenir, le service national universel obligatoire pour tous permettra aux jeunes citoyens d'expérimenter de manière plus systématique d'autres formes d'engagement.

Enfin, toute personne peut aussi donner son temps et s'engager au service des autres par le biais d'une association ou d'une ONG (organisation non gouvernementale).

BREVET BLANC

Exercice n° 1

1. Depuis 1945, l'Allemagne et Berlin sont divisées en quatre zones d'occupation : américaine, britannique, soviétique et française. La ville de Berlin est située à l'intérieur de la zone d'occupation soviétique. En 1948, les Soviétiques mettent en place le blocus de Berlin, en coupant les communications terrestres reliant la ville aux zones d'occupation britannique, américaine et française, situées à l'ouest de l'Allemagne. En réaction, les Alliés mettent en place un couloir aérien pour ravitailler ces trois secteurs d'occupation de Berlin. En 1949, à l'issue du blocus qui dure plus d'un an, les zones occupées par les Américains, les Britanniques et les Français se regroupent et forment la République fédérale d'Allemagne (RFA) et la zone occupée par les Soviétiques devient la République démocratique allemande (RDA). Les deux États, distincts et souverains, rejoignent chacun l'un des deux blocs.

2. En août 1961, le mur de Berlin, coupant la ville en deux, est édifié. La frontière entre la RFA et la RDA est fermée par l'Allemagne de l'Est et les Soviétiques.

3. Elles veulent éviter une hémorragie démographique : de trop nombreux Berlinois de l'Est, des Allemands de l'Est, voire même des ressortissants des pays du bloc soviétique, cherchant à rejoindre le monde libre, passent à l'Ouest *via* Berlin-Ouest.

4. La note écrite par le gouvernement des États-Unis est adressée au gouvernement soviétique. Elle émane donc du pays menant le bloc occidental et est destinée au pays menant le bloc communiste. Les Américains font le point sur la situation de Berlin : ils constatent les entraves à la liberté de circulation entre les secteurs occidentaux et la zone soviétique ; ils énoncent une protestation solennelle de leur gouvernement auprès du régime soviétique qui est jugé responsable ; ils émettent l'idée que le régime soviétique pourrait mettre fin à cette situation qualifiée d'illégale. Mais dans la note, il ne s'agit que de protestations. Aucune menace de réaction militaire de la part des États-Unis contre l'URSS n'est présente.

5. La chute du mur de Berlin permet, en 1990, la réunification de l'Allemagne et de Berlin, qui peut retrouver son rôle de capitale fédérale. C'est le prélude à la fin de la guerre froide.

Exercice n° 2

1. La présence de la France est planétaire. Outre l'Hexagone, elle dispose de territoires ultramarins, les DROM et les COM peuplés de 2,6 millions d'habitants et couvrant 120 000 km². Ils lui offrent une ZEE (zone économique exclusive) de 13 millions de km² (la 2e du monde) dans les océans Atlantique, Pacifique, Indien et Antarctique. La France y installe des bases militaires permanentes lui permettant d'être un acteur politique régional. Les DROM et les COM diffusent les valeurs, la langue et la culture de la République et sont une vitrine du mode vie français.

Le rayonnement culturel de la France ou *soft power* s'exprime par la présence à Paris du siège de l'UNESCO, et par le fait que le français est la langue officielle de l'ONU et des Jeux olympiques. Il est parlé par plus de 200 millions de personnes. L'Organisation internationale de la Francophonie, regroupant 77 États, diffuse la langue et des valeurs comme la paix, la démocratie et le développement durable dans le monde. Le rayonnement culturel s'exprime aussi dans les domaines intellectuel, artistique (musées prestigieux, congrès et huit salons internationaux, festival de Cannes) et touristique (la France est la première destination mondiale). Les 2,5 millions de Français vivant à l'étranger (la moitié dans l'UE, en Russie ou dans le reste de l'Europe de l'Est) participent aussi au rayonnement mondial de la France.

On peut également parler de *hard power* pour la France. En effet, elle est un membre permanent du Conseil de sécurité de l'ONU et elle fournit des contingents de Casques bleus. Dotée de l'arme nucléaire, elle est une puissance militaire mondiale qui a conclu des accords militaires avec ses anciennes colonies d'Afrique et qui participe aux missions dans le cadre de l'OTAN ou de l'ONU. Toutefois, ses capacités d'intervention sont moindres que celles des États-Unis.

2 a. Équateur : trait au milieu.

b. 1 : océan Atlantique ; 2 : océan Pacifique ; 3 : océan Pacifique ; 4 : océan Indien.

c. A : Guadeloupe ; B : Martinique ; C : Guyane française ; D : Mayotte ; E : Réunion.

Exercice n° 3

1. On retrouve l'allégorie de la Liberté coiffée du bonnet phrygien et portant le drapeau tricolore qui, en 1830, n'était pas le drapeau de la France, l'enfant évoquant Gavroche dans *Les Misérables* de Victor Hugo, un étudiant coiffé d'un chapeau haut-de-forme et sur la droite les tours de Notre-Dame de Paris. Sur la toile de Delacroix, les personnages sont armés de fusils à baïonnette ou de pistolets alors que sur la couverture du Livre « totem », ils portent des crayons sur lesquels sont écrits les mots de la devise de la France.

2. La laïcité repose sur le respect de la liberté de conscience et de culte, sur la neutralité des institutions envers les religions, sur la liberté d'enseignement et sur l'affirmation de valeurs communes comme l'égalité en droits et la fraternité qui fondent l'unité nationale par-delà les appartenances particulières. Une République laïque ne peut intervenir dans les convictions personnelles de chacun et doit respecter l'égalité de tous devant la loi, quelle que soit la religion choisie par la personne ou son choix de croire ou de ne pas croire.

3.

	Principe de la liberté religieuse	Principe de la séparation des Églises et de l'État	Question de la laïcité à l'école
Date et nom des textes officiels et/ou lois	Déclaration des droits de l'homme et du citoyen de 1789 pendant la Révolution française	La loi de 1905, le préambule de la Constitution de 1946 au cours du XXe siècle	Les lois Ferry de 1881-1882, puis à cause des incidents dits du « foulard islamique », la loi du 15 mars 2004

4. Pour que la IIIe République puisse former des citoyens et assurer l'unité de la nation, les lois Ferry de 1881-1882 posent le principe de la laïcité, à la fois pour les programmes et les locaux des écoles publiques. Tous les instituteurs doivent agir dans l'intérêt général de la République. Le principe constitutionnel de laïcité est inscrit dans le préambule de la Constitution de 1946 et dans la Constitution de 1958. La loi du 15 mars 2004 place la laïcité au cœur des fondements de l'école publique.

L'école a la mission de transmettre les valeurs républicaines, notamment l'égale dignité de tous les êtres humains, l'égalité entre les hommes et les femmes, et la liberté de chacun, y compris dans le choix de son mode de vie. L'école de la République fait vivre ces valeurs, développe le libre arbitre de chacun, veille à l'égalité entre les élèves et à la fraternité ouverte à tous. En étant laïque, l'école se protège des revendications communautaires et favorise le « vouloir vivre ensemble ». L'école de la République accueille tous les enfants, croyants ou non croyants, avec ou sans convictions religieuses. C'est la raison pour laquelle la loi du 15 mars 2004 rappelle que l'école est le lieu dans lequel aucune pression liée à des signes religieux ostensibles ne peut se manifester. Tous les personnels doivent veiller à ce que le « vivre-ensemble » soit réel et réprimer toutes formes de discrimination religieuse, de racisme et de sexisme. Pour lutter contre l'intolérance et les préjugés, la laïcité encourage l'enseignement du fait religieux, ceci pour donner aux élèves une connaissance exacte des religions. Grâce à cette culture commune donnée à tous, la compréhension de l'autre est rendue possible et elle devient le meilleur ciment du « vivre-ensemble ».

16 4

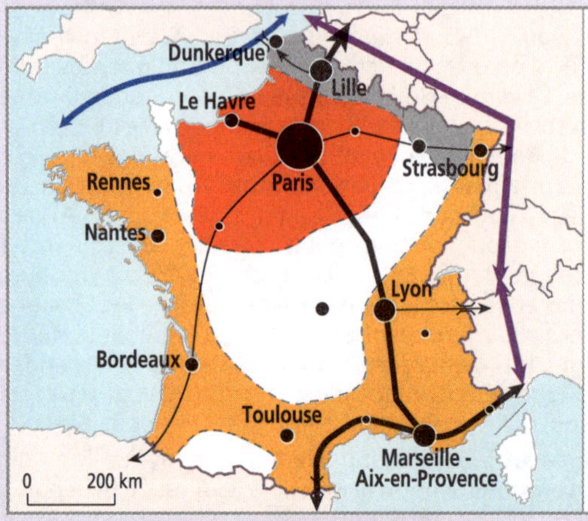

1. Un espace polarisé par les villes
- Paris
- Les métropoles régionales

2. Les contrastes territoriaux
- L'espace central autour de Paris
- La périphérie dynamique (croissant attractif, littoraux et frontières)
- L'espace industriel en reconversion
- Les espaces en déprise économique et démographique

3. Des dynamiques européennes et mondiales
- Les axes de communication européens et nationaux
- Les grands ports
- La façade maritime Manche-Mer du Nord
- L'interface majeure avec l'espace européen(mégalopole européenne)

S'entraîner

1 ★★ Étudiez la chronologie pour comprendre les transformations de la société.

a. Que constatez-vous quant à la composition et à l'évolution de la population active française ?

....

....

b. Relevez les éléments prouvant l'émergence d'une « culture jeune » et l'affirmation de la jeunesse.

....

....

c. Quelle est la place des femmes dans la société ?

....

....

d. Relevez les exemples démontrant l'amélioration de la vie quotidienne des Français.

....

....

e. Des signes témoignent de l'existence d'une crise économique et de crispations dans la société : quels sont-ils ?

....

....

f. Quelles sont les nouvelles modalités de l'exercice de la citoyenneté et de la solidarité ?

....

....

2 ★★ Présentez le document 2.

a. Indiquez le thème du projet de loi et le nom et la fonction du ministre qui l'a défendu.

....

....

b. À l'aide de vos connaissances, replacez la date dans son contexte : qui est le président de la République et quelle est la tendance politique de la majorité dont est issu le gouvernement représenté par ce ministre ?

....

....

c. Analysez le vote des députés : quels sont ceux qui ont voté « pour » ?

....

....

d. Ce vote vous semble-t-il conforme à la majorité du gouvernement représenté par cette ministre ? Pourquoi ?

....

....

e. Relevez dans le texte l'expression prouvant que la loi illustre une évolution de la société française

....

....

3 ★★★ À l'aide des documents 1 et 2, citez des exemples d'adaptations législatives accompagnant les changements de la société française.

a. Pour les femmes :

....

....

b. Pour les jeunes :

....

....

....

4 ★★★ En vous appuyant sur les transformations de la société française (place des femmes et de la jeunesse, développement de l'immigration et montée du chômage), rédigez un développement construit expliquant l'adaptation de la législation à l'évolution sociale et les nouvelles modalités de l'exercice de la citoyenneté.

....

....

....

....

....

....

Auto évaluation — Très bien ☐ Bien ☐ Pas assez bien ☐

13 Les aires urbaines, une nouvelle géographie d'une France mondialisée

→ Corrigés p. VII

Observer et retenir

■ **85 % des Français** vivent dans des aires urbaines ; l'**étalement des villes** est de plus en plus marqué.

■ **60 % de la population** se concentrent **sur quelques espaces urbanisés** en Île-de-France, dans les régions frontalières du Nord et du Nord-Est, sur les littoraux et les vallées fluviales (Saône et Rhône, Seine, Loire et Garonne), qui représentent 8 % du territoire.

■ La France est inégalement marquée par **le phénomène de métropolisation**. Paris est la seule métropole à rayonnement mondial. Une dizaine de métropoles régionales, offrant des services rares et bien reliées aux réseaux de transports rapides, structurent le territoire. Mais une France des faibles densités s'étendant des Ardennes aux Pyrénées est constituée d'espaces ruraux, de villes petites et moyennes, éloignées des grandes villes, et qui ne sont pas touchées par le phénomène de métropolisation.

Effectuer une **tâche cartographique**, c'est comprendre et interpréter des figurés (forme, taille, couleur), c'est localiser différents espaces, et c'est donner un titre permettant d'identifier le thème concerné.

■ Document 1 – Évolution de la population française par type d'espace

INSEE	Évolution annuelle (1999-2006)	Population en 2007
Ville-centre	0,3 %	17 millions (29,3 %)
Banlieue	0,6 %	20 millions (34,5 %)
Périurbain	1,3 %	10 millions (17,2 %)
Espace rural	0,6 %	11 millions (19 %)

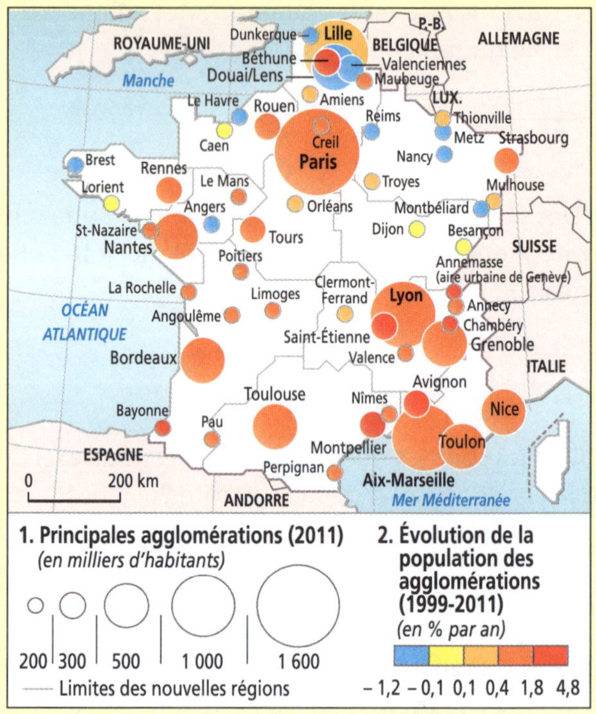

■ Document 2 – L'inégale attractivité des aires urbaines françaises

S'entraîner

1 ★ À l'aide du document 1, expliquez l'inégale évolution des différents types d'espaces urbains.

a. Comment nomme-t-on l'ensemble formé par la ville-centre et par sa banlieue ? L'ensemble formé par la ville-centre, les banlieues et la couronne périurbaine ?

....

....

b. Quel espace profite le plus de l'augmentation démographique ? Formulez des hypothèses pour expliquer cette situation.

....

....

....

....

c. Quel est l'espace marqué par la plus faible croissance de la population? Formulez des hypothèses pour l'expliquer.

....

....

....

d. Quel est le sens des mobilités à l'intérieur de l'aire urbaine ?

....

2 ★ **Présentez le document 2.**

a. Quels sont les deux éléments présentés par la légende ?

....

....

b. Par quel procédé cartographique l'élément 1 est-il représenté ?

....

c. Par quel procédé cartographique l'élément 2 est-il représenté ?

....

3 ★★ **À l'aide du document 2, relevez l'inégale attractivité des espaces urbains.**

a. Citez l'agglomération concentrant le maximum de population.

....

b. Où les aires urbaines à la plus forte croissance sont-elles situées ?

....

c. Où les aires urbaines à la croissance négative ou faible sont-elles situées ?

....

d. Citez les deux causes démographiques expliquant la croissance ou la décroissance urbaine.

....

....

4 ★★★ **Expliquez l'inégale attractivité des espaces urbains.**

a. De quels atouts les unités urbaines les plus attractives disposent-elles ?

....

....

b. Comment pouvez-vous expliquer la décroissance démographique de certaines unités urbaines ?

....

....

c. Quel nom donne-t-on aux six aires urbaines (à l'exception de Paris) affichant le plus grand dynamisme démographique ? À quelle échelle s'exerce leur influence ?

....

....

d. Comment appelle-t-on le processus de concentration accrue des hommes et des activités de commandement dans une ville principale ?

....

....

5 ★★★ **Tâche cartographique : indiquez le nom des aires urbaines, complétez la légende et donnez un titre au schéma.**

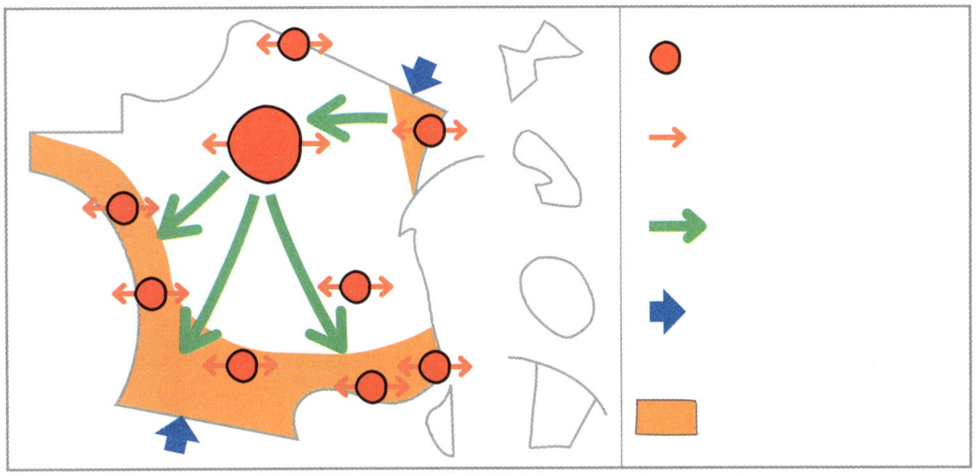

Auto évaluation   Très bien ☐   Bien ☐   Pas assez bien ☐

14 Les espaces productifs et leurs évolutions

→ Corrigés p. VIII

Observer et retenir

■ Les **espaces agricoles** performants et intégrés à l'économie mondiale se spécialisent en bassins de production (grandes cultures, élevage, vignobles, cultures maraîchères et fruitières).
Des exploitations, pour être durables, choisissent l'agriculture raisonnée ou biologique, tandis que d'autres subissent la déprise agricole.

■ Au **niveau industriel**, la France doit faire face à la désindustrialisation et aux délocalisations. Longtemps situés près des matières premières ou des bassins de main-d'œuvre, les espaces industriels se littoralisent (zones industrialo-portuaires) et se concentrent dans les métropoles, près des centres de recherche et des universités.

■ Les **espaces tertiaires ou de services** sont l'atout de la France et sont situés dans les villes, sur les littoraux et sur les sites touristiques. L'**accessibilité** et l'**innovation** sont toujours les clés de la réussite des espaces productifs.

On appelle « espace productif » tout espace que l'être humain aménage pour mettre en valeur une activité économique.

■ Document 1 – L'espace aéronautique en Hauts-de-France

- **1922-1924 :** la Société des aéroplanes Henry-Potez, implantée dans les Hauts-de-Seine, s'établit à Méaulte, qui devient un pôle de construction aéronautique.
- **1936 :** la société est nationalisée et intégrée à la SNCAN.
- **De 1958 à 2001 :** elle devient Nord-Aviation, Aérospatiale, puis Aérospatiale-Matra, et se fond finalement dans Airbus.
- **Depuis 2009 :** création d'Aerolia, une filiale d'EADS, le groupe industriel aéronautique européen, pièce maîtresse du « puzzle européen » d'Airbus et acteur majeur de la construction aéronautique mondiale.
- **Site d'Aerolia Méaulte, près d'Albert :** l'une des quatre implantations du leader français des aérostructures, avec le siège social à Toulouse, l'usine de Saint-Nazaire et celle de Tunis :

– pôle d'excellence spécialisé dans la fabrication des pointes avant des avions de la famille Airbus (A318, A380, A400M, A350XWB), qui a mis en service en 2010 une nouvelle unité offrant le meilleur de la technologie métallique et composite ;

– 1 400 personnes (3e employeur du département de la Somme, 8e employeur de la région Picardie) sur 47,5 hectares ;

– une bonne desserte à 15 minutes de la gare TGV Haute-Picardie et de l'autoroute A1, et un établissement adossé à l'aéroport Albert-Picardie, qui permet de livrer ses productions avec l'A300-600 ST Beluga, un très gros-porteur de marchandises ;

– son lycée professionnel Henry-Potez, en contrat d'association avec l'Éducation nationale, forme sur le site des jeunes aux métiers de l'aéronautique et assure le recrutement d'une main-d'œuvre de qualité.

■ Document 2 - La pointe d'un avion Airbus absorbée par le Beluga

Quatre à cinq pointes avant d'avions Airbus peuvent être « avalées » par la soute du Beluga (Airbus gros-porteur de 155 tonnes et 14 mètres de haut), qui les acheminera ensuite vers Saint-Nazaire, avant un assemblage final chez Airbus, à Toulouse ou à Hambourg.

S'entraîner

1 ★ Lisez le document 1 pour décrire un espace productif et l'expliquer.

a. Localisez le site d'Aerolia-Méaulte.

....

b. Sur combien d'hectares s'étend-il ?

....

c. Quelles sont les infrastructures rendant le site accessible ?

....

....

....

d. Quel est le type d'activité économique implanté dans l'espace productif ? Depuis quand ?

....

....

....

e. Cochez l'expression qui caractérise le mieux l'espace productif.

- ☐ À dominante industrielle ou énergétique.
- ☐ À dominante agricole.
- ☐ Espace touristique et de loisirs.
- ☐ Centre d'affaires.

2 ★★ À l'aide du document 1, identifiez les activités présentes sur l'espace productif.

a. Que fabrique-t-on dans l'unité d'Aerolia-Méaulte ?

....

....

b. Pourquoi qualifie-t-on l'unité de « pôle d'excellence » ?

....

....

c. Quelle autre activité permet au site de rester novateur ?

....

3 ★★ Analysez les documents 1 et 2 pour comprendre l'intérêt de l'aéroport Albert-Picardie.

a. Quel type d'avion peut atterrir et décoller depuis l'aéroport Albert-Picardie ?

....

....

....

b. En quoi est-ce un atout pour Aerolia-Méaulte ?

....

....

....

4 ★★ Appuyez-vous sur les réponses précédentes et citez les facteurs indispensables à la réussite d'un espace productif.

....

....

....

....

....

5 ★★★ Rédigez un développement construit pour expliquer que cet espace productif est essentiel à l'économie locale, qu'il s'inscrit à l'échelle européenne et qu'il s'intègre à la mondialisation.

....

....

....

....

....

....

....

....

....

....

....

Auto évaluation Très bien ☐ Bien ☐ Pas assez bien ☐

15 Les espaces de faible densité et leurs atouts

→ Corrigés p. VIII

Observer et retenir

- Les campagnes françaises, qui ont connu jusqu'au milieu des années 1970 un exode rural important, bénéficient aujourd'hui d'un regain d'intérêt de la part des **populations urbaines**.
- Les espaces ruraux sont divers dans leurs caractéristiques géographiques, leurs fonctions économiques et leur composition sociale.
- Comme **les espaces ruraux** sont devenus **un enjeu d'aménagement du territoire**, des dispositions sont prises pour préserver l'activité agricole, les petites entreprises artisanales ou industrielles, le tourisme, pour favoriser l'amélioration des conditions de vie des personnes vivant en zone rurale et, enfin, pour préserver les espaces naturels.

Les espaces de faible densité (moins de 30 habitants par km²) sont les espaces ruraux, les montagnes et les secteurs touristiques peu urbanisés.

Document 1 – La diversité des campagnes françaises

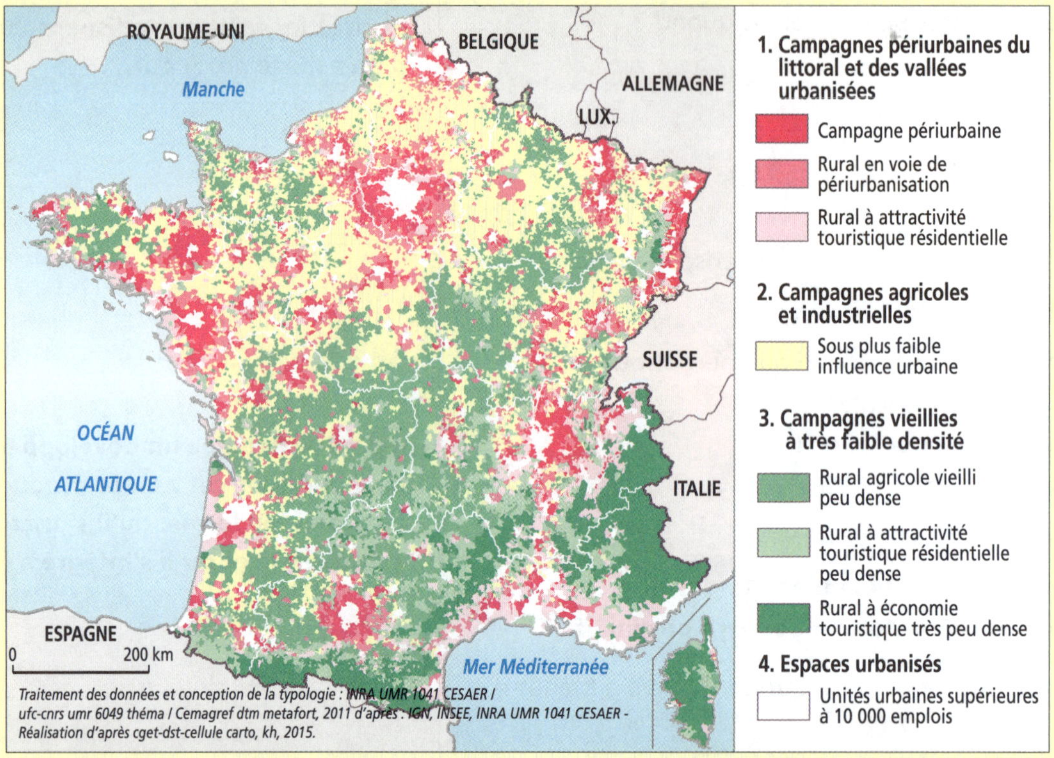

Document 2 – *Saveurs des Aravis*, le logo porté par la communauté de communes des vallées de Thônes (Haute-Savoie) dans le cadre du Pôle d'excellence rurale

S'entraîner

1 ★★ Observez le document 1, puis prélevez des informations.

a. Combien de types de campagne le document présente-t-il ? Nommez-les.

b. Quelles sont les campagnes les plus dynamiques et où sont-elles situées en France ?

c. Quelles sont les campagnes les moins dynamiques et où sont-elles situées en France ?

2 ★★★ Expliquez le document 2.

a. Rappelez la définition du « pôle d'excellence rural ».

b. Quel est l'espace rural concerné par le document 2 ? Situez-le en France.

c. Quels sont ses atouts et comment sont-ils mis en valeur par l'illustration ?

d. Reportez-vous au document 1 et indiquez le type de campagne auquel cet espace rural appartient.

e. Qui sont les acteurs impliqués dans la « renaissance rurale » de cet espace ?

3 ★★★ Résumez dans le tableau ci-dessous les facteurs à l'origine de la diversité des espaces ruraux.

Éléments favorisant la dynamique des espaces ruraux	Éléments à l'origine des difficultés des espaces ruraux

4 ★★★ Complétez le schéma et donnez-lui un titre.

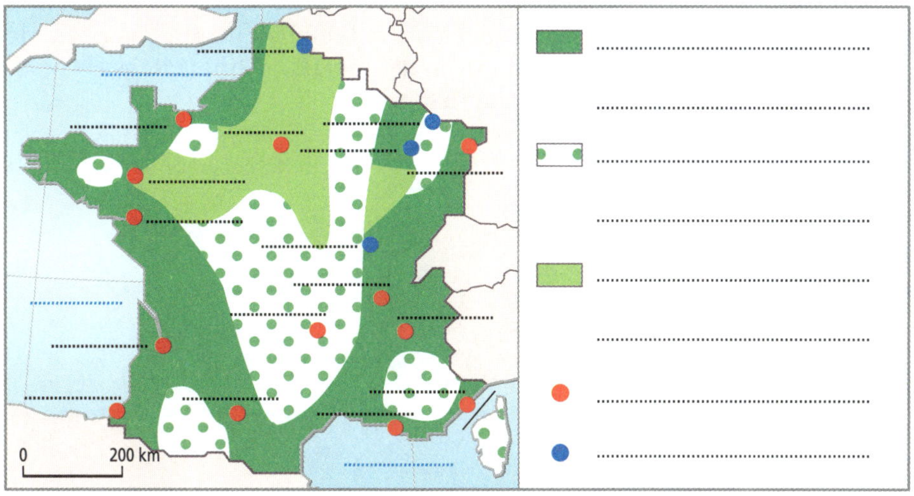

Auto évaluation Très bien ☐ Bien ☐ Pas assez bien ☐

16 Aménager le territoire

→ Corrigés p. VIII

Observer et retenir

L'aménagement du territoire est une **action volontaire** donc politique, orchestrée par l'**État**, les **collectivités territoriales**, l'**Union européenne**. Ses enjeux sont **la transformation de la géographie de la France**, le rééquilibrage du territoire par la correction des déséquilibres, la disparition des inégalités spatiales, l'amélioration de la compétitivité des territoires, la protection du patrimoine naturel et l'intégration du territoire français à l'Europe. D'autres acteurs interviennent aussi, par exemple **les citoyens** par le biais des élections et des débats publics, **les entreprises** privées, **les associations** ou encore les groupes de pression.

On parle de prospective territoriale quand les acteurs de l'aménagement imaginent, en concevant des scénarios et en impliquant les habitants, les territoires du futur.

Document 1 – Réaménager le quartier de la gare de Châlons-en-Champagne

La ville de Châlons-en Champagne[1] s'est engagée dans un programme de réaménagement et de redynamisation du quartier de la gare[2], pour en faire une entrée de ville digne d'une ville TGV, avec une circulation et un stationnement optimisés. Ce projet s'inscrit dans la volonté de rééquilibrer le développement de la ville au profit de sa rive gauche. […] Devant la gare, une place multimodale permettra aux voyageurs de continuer leur chemin comme ils le souhaitent en taxi, en bus ou car avec le réseau Sitac Bus, en voiture personnelle stationnée sur le futur parking gratuit de 413 places, en covoiturage sur l'aire de stationnement dédiée, à pied, à vélo en suivant le réseau d'itinéraires deux-roues sécurisés. […] Faire émerger un quartier moderne et connecté où cohabiteront services, commerces et activités de bureau est au cœur du programme. Ce quartier d'affaires sur 10 000 m^2 devrait attirer des activités tertiaires en lien avec les sièges parisiens sur un site à forte attractivité, idéal pour les services à valeur ajoutée aux entreprises. La nouvelle place s'articulera autour de plusieurs bâtiments avec des cellules locatives modulables. Les secteurs commerciaux à développer sont ceux des services de proximité des voyageurs et de la population : petits commerces alimentaires, restaurateurs, loueurs de voitures. […] La ville bénéficie du soutien de l'État, de la région Champagne-Ardenne, du département de la Marne, de la communauté d'agglomération et de l'Europe (FEDER). De son côté, la SNCF a lancé des études en vue de la rénovation de la gare.

http://www.chalonsenchampagne.fr/environnement-et-cadre-de-vie/re-inventer-chalons/151-le-quartier-de-la-gare-en-plein-renouveau

1. Châlons-en-Champagne ayant perdu, en 2015, son statut de ville de garnison (3 000 habitants en comptant les familles), bénéficie de la mise en place du contrat de redynamisation du site de Défense (CRSD). Elle n'est plus capitale régionale depuis 2016.

2. 764 000 voyageurs par an transitent par la gare de Châlons-en-Champagne.

Document 2

Document 3 – Le début des travaux à la gare

Une phase qui devrait marquer le grand public puisqu'il s'agit de la déconstruction de deux bâtiments emblématiques : l'ancienne brasserie de la gare et l'établissement Cassin. Un dossier longtemps bloqué en raison de tractations financières entre la municipalité et l'ancien propriétaire.

http://www.lunion.fr/58029/article/2017-11-01/enfin-du-concret-pour-les-travaux-de-la-gare-de-chalons

S'entraîner

1 ★ Analysez le document 1 pour comprendre le projet d'aménagement de Châlons-en-Champagne.

a. Pour quelles raisons ce quartier doit-il être réaménagé ?

b. Quels sont les aménagements permettant le développement du territoire à l'échelle régionale ? nationale ? européenne ?

c. Quels sont les éléments permettant un développement durable et anticipant les besoins de demain ?

2 ★★ Expliquez l'affiche en répondant aux questions.

a. Que signifie PRU ?

b. À qui cette affiche est-elle destinée et quel est son but ?

3 ★★★ Croisez les trois documents pour connaître les acteurs impliqués dans le projet.

a. Quelle difficulté liée à l'aménagement, le document 3 souligne-t-il ?

b. Qui sont les acteurs impliqués dans le projet ?

c. Expliquez pourquoi le financement du projet s'effectue à différentes échelles.

4 ★★★ Tâche cartographique : l'organisation et les dynamiques du territoire français.

a. Localisez et nommez les aires urbaines.

b. Complétez la légende et coloriez la carte.

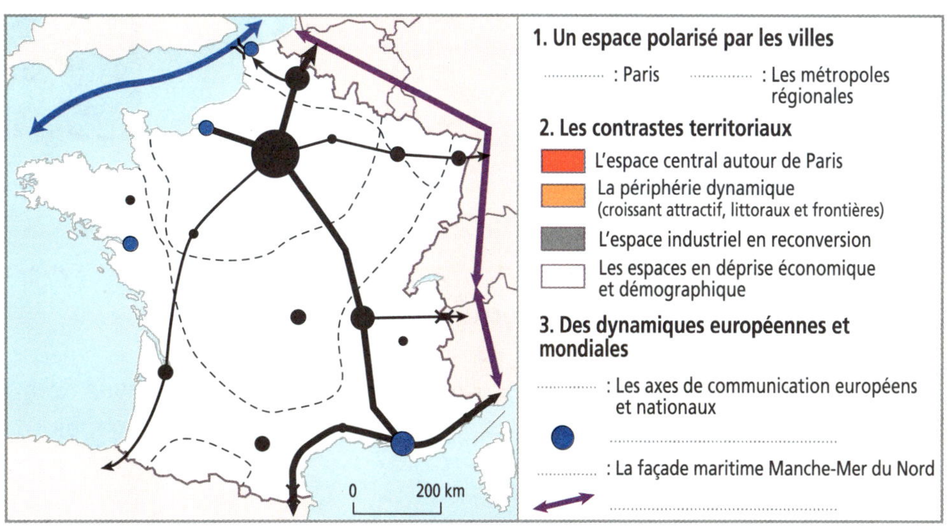

Auto évaluation Très bien ☐ Bien ☐ Pas assez bien ☐

17 Les territoires ultramarins français : une problématique spécifique

→ Corrigés p. VIII

Observer et retenir

■ La France possède des territoires d'outre-mer qui sont un héritage de son expansion coloniale. **Les départements et régions d'outre-mer** (DROM) sont des collectivités territoriales identiques aux collectivités métropolitaines, alors que **les communautés d'outre-mer** (COM) bénéficient d'une autonomie dans la gestion de leurs affaires intérieures (économie, santé, éducation).

■ Ces territoires ultramarins constituent, pour la France, une périphérie, et dans la perspective d'un aménagement du territoire cohérent et durable, il est nécessaire de prendre en considération leurs éléments spécifiques, comme **l'éloignement géographique, la fragmentation territoriale, l'étroitesse du marché, les problèmes économiques et sociaux** (chômage élevé, revenu moyen par habitant inférieur à celui de la France métropolitaine), **la vulnérabilité aux risques naturels** et **l'état de dépendance** vis-à-vis de la France métropolitaine.

Les DROM sont aussi des régions d'outre-mer intégrées à l'Union européenne et qui bénéficient, depuis le traité d'Amsterdam, de mesures spécifiques favorisant leur développement.

■ **Document 1 – La Guadeloupe, un territoire insulaire et archipélagique**

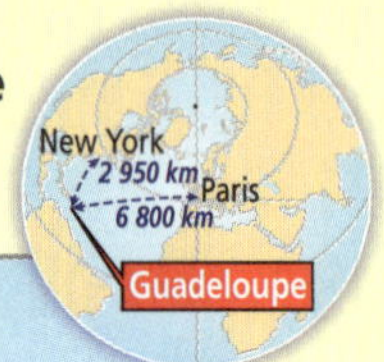

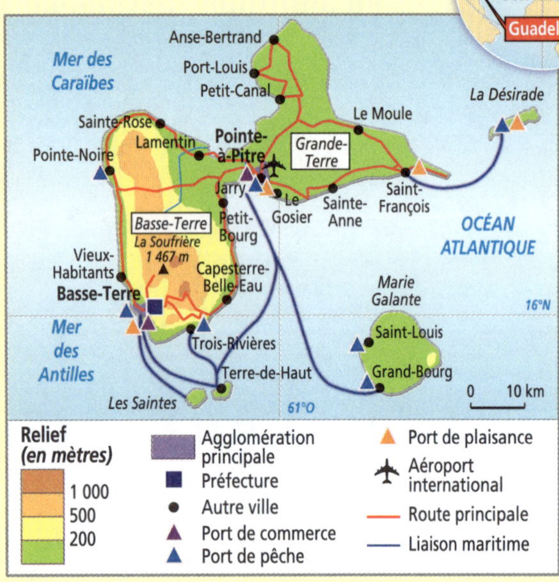

■ **Document 2 – La plaquette de consultation pour la construction d'un grand projet : le port de Jarry, février-mars 2014**

S'entraîner

1 ★ **Présentez la spécificité du territoire d'outre-mer à l'aide du document 1.**

a. Localisez et situez la Guadeloupe dans son environnement régional et par rapport à la France métropolitaine.

....

....

b. Relevez deux handicaps du territoire de la Guadeloupe.

....

....

c. Quels éléments visibles sur la carte permettent de les contourner ?

....

....

....

2 ★ Présentez le document 2.

a. Expliquez ce qu'est une enquête publique.

....

....

....

b. À quel projet l'enquête publique fait-elle référence ?

....

....

....

3 ★★ Expliquez l'enjeu de l'aménagement du territoire en Guadeloupe.

a. D'après l'illustration du document 2, en quoi consiste l'aménagement du port de Jarry ?

....

....

....

b. L'objectif de cet aménagement est que Guadeloupe Port Caraïbes devienne un hub au cœur de la Caraïbe : définissez le mot « hub ».

....

....

....

c. Quelles peuvent être les retombées de l'aménagement à l'échelle de la Guadeloupe et de ses habitants ? à l'échelle régionale ?

....

....

....

4 ★★ Les acteurs de l'aménagement du territoire en Guadeloupe.

a. Précisez le statut territorial de la Guadeloupe et indiquez l'acteur intervenant dans le cadre de l'aménagement.

....

....

....

b. À l'aide de vos connaissances, citez un autre intervenant dans le projet.

....

....

....

c. Comment pouvez-vous expliquer sa participation à l'aménagement ?

....

....

....

5 ★★★ Rédigez un développement construit dans lequel vous expliquerez qu'en Guadeloupe, l'objectif de l'aménagement du territoire est de dépasser la contrainte de l'insularité.

....

....

....

....

....

....

....

....

....

....

....

....

....

Auto évaluation — Très bien ☐ Bien ☐ Pas assez bien ☐

18 L'Union européenne, un nouveau territoire de référence et d'appartenance

→ Corrigés p. IX

Observer et retenir

■ L'Union européenne, dont la devise est *L'unité dans la diversité*, est un pôle mondial de richesse, mais il présente **des inégalités de richesse et de développement**.

■ Il existe des déséquilibres territoriaux entre la zone centrale urbanisée, ou **mégalopole européenne**, très riche et dynamique de l'UE, et **ses différentes périphéries**, comme l'extrémité méridionale de l'Europe du Sud et du Portugal, intégrée à l'Union depuis 1986, et la périphérie constituée des PECO ou ex-pays communistes de l'Europe centrale et orientale.

■ C'est pourquoi l'Union européenne consacre le tiers de son budget à une « politique régionale » dont l'objectif est double : réduire les inégalités et répondre à des besoins particuliers. **Les programmes transfrontaliers** font disparaître les frontières, d'autres promeuvent le développement des territoires ou aident des régions au PIB inférieur de 75 % à la moyenne européenne, ou encore renforcent l'attrait et la compétitivité d'autres espaces européens.

► **Interreg V** est le programme européen couvrant la période 2014-2020. Il favorise le développement régional par la coopération transfrontalière, transnationale et interrégionale.
► **L'Eurorégion** est un organe de coopération transfrontalière réunissant des régions de différents pays bénéficiant de l'aide de l'UE pour des projets communs.

■ Document 1 – La France au contact de l'Union européenne

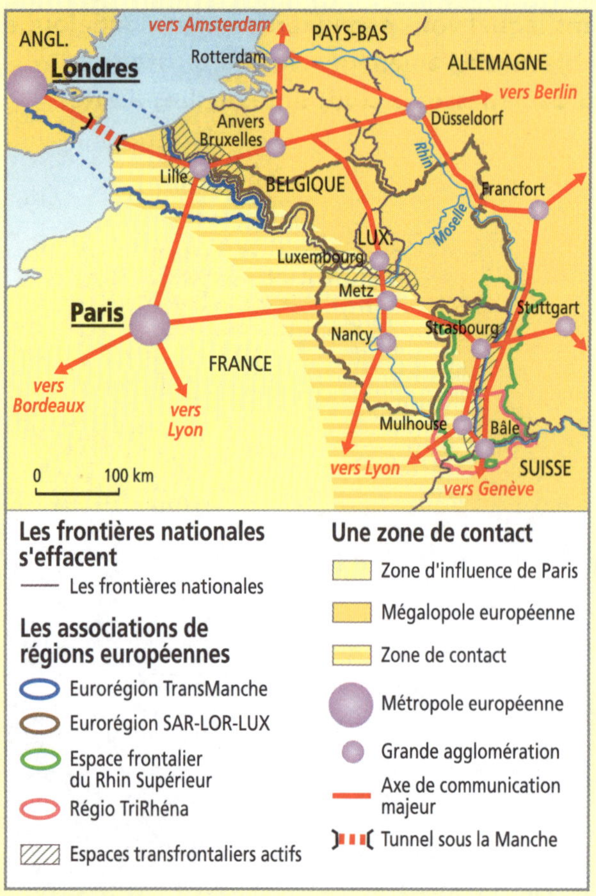

■ Document 2 – L'extension de la ligne D du tram vers Kehl

Ses objectifs :

– faciliter les déplacements des habitants du quartier du Port-du-Rhin et de la ville de Kehl ;

– améliorer le cadre de vie des quartiers et développer les commerces et services aux habitants ;

– renforcer la desserte de la zone portuaire en favorisant le développement économique et commercial du pôle d'activités logistiques et industrielles diversifiées ;

– jouer un rôle dans le développement des liaisons transfrontalières dans le cadre de l'agglomération Strasbourg-Kehl et de l'eurodistrict Strasbourg-Ortenau ;

– agir sur la qualité de l'air, les nuisances sonores en favorisant le report modal de la voiture particulière vers les transports en commun.

Les cofinancements : des financements français (État, département du Bas-Rhin, eurodistrict) ;
des financements allemands (*Bund*, *Land*) ;
un financement européen *via* le programme Interreg IV.

La desserte de la gare de Kehl est effective depuis avril 2017.

www.strasbourg.eu/grands projets

S'entraîner

1 ★★ Prélevez des informations dans le document 1.

a. Quel est l'espace géographique représenté ?

b. Quels sont les deux éléments présentés dans la légende ?

c. Précisez le thème du document.

d. Citez quatre exemples prouvant l'effacement des frontières.

2 ★★ Croisez les informations du document 1 avec celles du document 2.

a. Quel est l'espace transfrontalier concerné par le document 2 ?

b. De quel territoire européen l'espace transfrontalier est-il proche ?

c. À l'échelle locale, quels sont les enjeux de l'aménagement réalisé ?

d. Qui finance ce projet ?

e. Ce projet aurait-il été possible dans un espace non transfrontalier ?

3 ★★ À l'aide des documents 1 et 2, expliquez l'intérêt d'un espace transfrontalier.

a. Par quels aménagements en matière de transport les régions se connectent-elles à l'Europe ?

b. Quelles agglomérations tirent profit de leur situation géographique dans un espace transfrontalier ?

c. Être un espace transfrontalier est-il un atout à l'échelle locale ? à l'échelle régionale ? à l'échelle nationale ? à l'échelle européenne ?

4 ★★★ Rédigez un texte construit expliquant que la construction européenne induit des politiques territoriales nouvelles qui dynamisent l'espace français.

Auto évaluation Très bien ☐ Bien ☐ Pas assez bien ☐

19 La France dans le monde

→ Corrigés p. IX

Observer et retenir

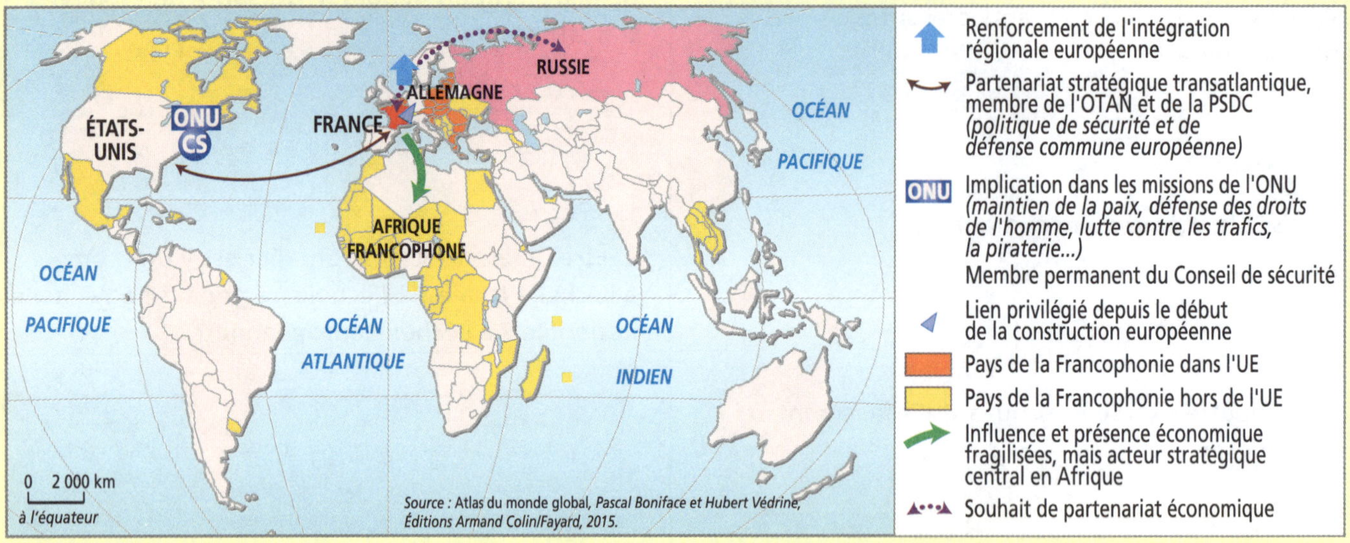

L'influence d'un État est la transformation d'éléments de sa présence en références universelles ou nationales pour les pays étrangers.

Document 1 – La France dans le monde

1. Le réseau d'enseignement français : 488 établissements homologués par l'Éducation nationale dans 130 pays pour 320 000 élèves, dont 120 000 Français.
2. 819 établissements du réseau Alliance française (fondation créée en 1883 dont la mission est de promouvoir la langue et la culture françaises hors de France) dans 137 pays accueillant 464 000 étudiants.
3. 3 60 000 Français dans la Silicon Valley : 1re communauté européenne devant les Britanniques et les Allemands ; 300 start-up françaises dans la Silicon Valley spécialisées dans les biotechnologies, le développement applicable au service Web, les jeux vidéo.
4. Dailymotion et Deezer, deux entreprises françaises du numérique reconnues mondialement.
5. Le film français *Intouchables* a enregistré 1,7 million d'entrées en Corée du Sud et 1,3 million au Japon.
6. La marque Reflets de France, commercialisée par Carrefour, a enregistré une hausse de 71 % en un an en Belgique et surtout dans les pays asiatiques : + 688 % en Chine et + 625 % à Taïwan.
7. Dans les secteurs de l'agroalimentaire, de la mode ou de la beauté, des entreprises de pays non francophones donnent à leurs produits des noms à consonance française.
8. Avec 83,8 millions de touristes internationaux, la destination France se situait au 1er rang mondial en 2014, mais au 3e rang mondial pour les recettes.
9. 41 sites français classés au patrimoine mondial de l'UNESCO.
10. 288 500 étudiants de 200 nationalités accueillis en France en 2012.
11. 212 millions de locuteurs font un usage quotidien du français dans le monde.

« La Francophonie et la francophilie », rapport de Jacques Attali remis au président de la République, août 2014.

Document 2 – L'opéra de Sydney (Australie) aux couleurs de la France le 15 novembre 2015

S'entraîner

1 ★ **Dans le document 1, soulignez en vert les informations relatives à la culture, et en bleu les informations relatives à l'économie.**

2 ★★ **Interprétez les résultats en répondant aux questions suivantes.**

a. Quel est le vecteur de l'influence culturelle française ?

....

b. Pourquoi peut-on parler d'un réseau culturel français ?

....

c. Y a-t-il un art de vivre français ? Justifiez votre réponse.

....

....

d. Comment s'exprime l'influence économique de la France?

....

3 ★★ **Expliquez l'intérêt du document 2.**

a. Où et quand la photo a-t-elle été prise ?

....

b. Un symbole important rappelant la France est visible : expliquez la raison de sa présence sur la photo, ce 15 novembre 2015.

....

c. Que représente ce symbole à l'échelle de la France ?

....

d. Que représente l'utilisation de ce symbole à l'échelle de la planète ?

....

4 ★★ **La géopolitique étant l'étude des rapports entre l'espace et la politique ainsi que l'étude des rapports de force et de leurs enjeux sur des territoires, relevez sur la carte de la page ci-contre les éléments illustrant l'influence géopolitique de la France.**

....

....

....

5 ★★★ **Exercez votre esprit critique en citant des éléments qui témoignent de la fragilité de l'influence économique de la France dans le monde.**

....

....

6 ★★★ **À l'aide de vos connaissances personnelles et des informations prélevées dans les documents de la page ci-contre, résumez dans le tableau ci-dessous les facteurs expliquant l'influence de la France dans le monde.**

Influcence de la France dans le monde

Présence territoriale	Influence économique
....	....
....	....
....	....

Influence culturelle	Influence géopolitique
....	....
....	....
....	....

Auto évaluation — Très bien ☐ Bien ☐ Pas assez bien ☐

20 L'Union européenne dans le monde

→ Corrigés p. IX

Observer et retenir

■ L'UE est **un espace attractif** qui s'élargit à tous les États portant ses valeurs démocratiques. Des États sont candidats officiels ou candidats potentiels pour des raisons de proximité géographique, économique ou sociale avec l'Union et parce qu'elle représente un pôle de richesse et de stabilité.

■ L'UE est aujourd'hui la **troisième puissance commerciale du monde** derrière la Chine et les États-Unis. Ensemble, ces États ou groupe d'États représentent quasiment la moitié du commerce international. Si l'on excepte le commerce intracommunautaire fort important, les échanges de biens de l'UE avec le reste du monde sont évalués à 15 % du commerce mondial de biens, et ils donnent à l'UE la troisième place légèrement derrière les États-Unis et la Chine, mais largement devant le Japon. L'UE est aussi la première exportatrice de **produits agricoles**, loin devant les États-Unis et le Brésil, le plus grand exportateur mondial de **produits manufacturés et de services** et le **premier pôle touristique** mondial. Enfin, elle est le premier pôle d'émission et d'accueil des investissements directs étrangers (**IDE**).

■ Mais **son influence géopolitique est limitée**. Elle demeure une association d'États indépendants ne s'affirmant pas d'une seule voix sur la scène internationale. Elle ne joue pas vraiment de rôle diplomatique ou militaire même s'il existe le poste de haut représentant de l'Union pour les affaires étrangères et la politique de sécurité initiée par les traités de Maastricht et de Lisbonne. Les crises actuelles (la zone euro, la crise en Syrie, la crise des migrants) témoignent de sa difficulté à décider d'une solution commune.

Les IDE sont les investissements d'une firme multinationale qui crée une filiale ou achète une entreprise dans un autre pays que le sien. Les IDE révèlent à la fois le développement des firmes européennes hors de leur territoire, et l'attractivité de l'UE pour les firmes étrangères.

■ Document 1 – L'influence de l'UE dans le monde

L'UE est un repère dans le domaine de la démocratie et des droits de l'homme et du citoyen [...]. Elle tisse des liens diplomatiques, linguistiques, universitaires et scientifiques, économiques et financiers avec toute la planète. Elle est le premier pôle touristique au monde [...]. En ce qui concerne les mobilités, l'UE est devenue le premier pôle attirant les flux d'immigration.

États et régions du monde contemporain,
sous la direction de Vincent Adoumié, Hachette, 2015.

■ Document 2 – Depuis 2016, Galileo, le systéme européen de géolocalisation fonctionne

Utilisé par des entreprises et par l'armée française, il débarquera bientôt sur nos téléphones portables.

	Galileo (UE)	GPS (États-Unis)	Glonass (Russie)	Beidou (Chine)
Mise en service	2016	1995	1996	2003
Altitude (en km)	23 222	20 000	19 000	27 000
Couverture	mondiale	mondiale	mondiale	mondiale en 2020
Précision (en m)	1	10	4/7	10

■ Document 3 – Dessin de Niels Bo Bojesen paru le 9 mai 2018

S'entraîner

1 ★ Croisez les informations des documents 1 et 2.

a. À l'aide du document 1, citez deux éléments attestant que l'UE est un grand pôle mondial.

b. Pourquoi le système Galileo est-il un projet de haute technologie ?

c. À quels pays l'UE fait-elle concurrence avec le système Galileo ?

d. Qui peuvent-être les utilisateurs du système Galileo ?

e. En quoi le système Galileo sert-il la puissance européenne sur le plan stratégique et/ou politique ?

f. Quelles valeurs l'UE incarne-t-elle pour le monde? Justifiez votre réponse en l'illustrant par un exemple.

2 ★★ Décrivez et expliquez le sens du document 3.

a. Où la scène se déroule-t-elle et quels sont les deux éléments permettant d'identifier le personnage ?

b. Décrivez la scène.

c. Observez la « machine » placée à côté du personnage : à quel pays est-il fait référence et pourquoi ?

d. Comment, à l'aide de vos connaissances, pouvez-vous expliquer cette représentation de l'UE ?

3 ★★ Jugez de l'influence morale, politique, économique et scientifique de l'Europe présentée par les trois documents.

a. Document 1 :

b. Document 2 :

c. Document 3 :

4 ★★★ Rédigez un développement construit dans lequel vous vous interrogerez sur la place et l'influence économique, culturelle et géopolitique de l'Union européenne dans le monde.

Auto évaluation Très bien ☐ Bien ☐ Pas assez bien ☐

21 Acquérir et partager les valeurs de la République

→ Corrigés p. X

Observer et retenir

■ **Déclaration des droits de l'homme et du citoyen** : « Le principe de toute souveraineté réside dans la nation. Nul corps, nul individu ne peut exercer d'autorité qui n'en émane expressément. »

■ **Constitution de 1958**
Préambule : « Le peuple français proclame solennellement son attachement aux droits de l'homme et au principe de la souveraineté nationale tels qu'ils ont été définis par la Déclaration de 1789, confirmée et complétée par le préambule de la Constitution de 1946. »
Article 3 : « La souveraineté nationale appartient au peuple qui l'exerce par ses représentants et par la voie du référendum. Aucune section du peuple ni aucun individu ne peut s'en attribuer l'exercice. Le suffrage peut être direct ou indirect dans les conditions prévues par la Constitution. Il est toujours universel, égal et secret... »
Article 4 : « Les partis et groupements politiques concourent à l'expression du suffrage. Ils se forment et exercent leur activité librement. Ils doivent respecter les principes de la souveraineté nationale et de la démocratie. »

■ **Document 1 – La composition de l'Assemblée nationale après les élections législatives de 2017**
Seulement 42,6 % des électeurs ont accompli leur devoir électoral.
224 femmes élues au Palais-Bourbon soit 38,8 % des députés.

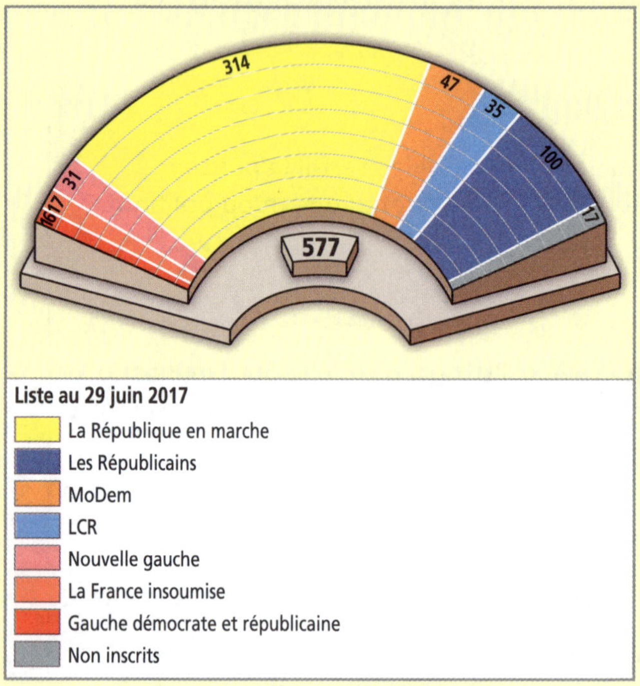

■ **Document 2 – L'exemple de la commune d'Entre-deux-Guiers (Isère)**

S'entraîner

1 ★ **Expliquez les fondements des institutions de la Ve République.**

a. Quelle est la définition du mot « constitution » ?

....

....

....

b. Relevez les noms et les dates des textes officiels cités dans le préambule de la Constitution de 1958.

....

....

....

....

c. Sur quelles valeurs et quel principe fondamental repose la Constitution de 1958 ?

....

....

....

d. Comment cela se traduit-il pour les citoyens ?

....

....

....

2 ★★ **Pour définir la démocratie, croisez les articles de la Constitution de 1958 avec les documents 1 et 2.**

a. Comment et par qui les députés ont-ils été élus ?

....

....

....

b. Quelles sont les deux formes d'expression démocratique illustrées par la composition de l'Assemblée nationale ?

....

....

....

c. Présentez l'objectif du document 2 en vous aidant des quatre mots les plus visibles (écrits en plus gros).

....

....

....

d. Lisez les différents mots écrits sur le document 2, puis indiquez ce qu'attendent les représentants de la commune d'Entre-deux-Guiers de leurs administrés.

....

....

....

3 ★★ **À l'aide des documents 1 et 2, comparez les modalités de consultation du peuple.**

a. À quels droits de l'homme ces modalités se réfèrent-elles ?

....

....

b. Attribuez à chaque document l'expression qui lui convient :

1. la démocratie participative : document n°............

2. la démocratie représentative : document n° ....

c. Indiquez la condition indispensable au bon fonctionnement de la démocratie.

....

....

4 ★★★ **Vous êtes journaliste et rédigez un article expliquant comment reconnaître une démocratie et les conditions à remplir pour que le régime démocratique fonctionne bien.**

....

....

....

....

....

....

....

....

....

....

....

....

....

....

....

....

....

Auto évaluation — Très bien ☐ Bien ☐ Pas assez bien ☐

22 Fraternité et cohésion sociale

→ Corrigés p. X

Observer et retenir

Depuis la **Révolution française de 1789** et la **naissance de la République**, l'homme est devenu un **citoyen**. Cette nouvelle qualité lui donne le droit de participer à la vie du pays. Les Français sont citoyens et sont égaux quels que soient leurs origines, leur milieu social, leurs traditions. Ensemble, ils vivent un avenir commun sur un territoire organisé par des institutions et des lois. Ensemble, ils forment la nation française dont l'unité s'appuie sur la langue, l'héritage culturel, les symboles tels le drapeau tricolore, *La Marseillaise*, le 14 juillet, et enfin sur les valeurs de la démocratie réunies dans la devise de la République. Celle-ci nous rappelle que nous sommes tous **égaux**, **libres** et **solidaires**.

Liberté et *égalité* figurent dans la Déclaration des droits de l'homme et du citoyen de 1789. Le terme *fraternité*, rajouté par la Deuxième République, exprime ce besoin de solidarité en 1848, puisque l'esclavage est alors aboli dans les territoires d'outre-mer.

Document 1 – Extrait du discours de François Hollande, dans la cour d'honneur de l'hôtel des Invalides, le 27 novembre 2015

Nous ne céderons ni à la peur ni à la haine. Et si la colère nous saisit, nous la mettrons au service de la calme détermination à défendre la liberté au jour le jour, c'est-à-dire la volonté de faire de la France un grand pays, fier de son histoire, de son mode de vie, de sa culture, de son rayonnement, de son idéal universel, du respect et même de la ferveur que notre pays inspire au monde chaque fois qu'il est blessé. […]

Le patriotisme que nous voyons aujourd'hui se manifester, avec ces drapeaux fièrement arborés, ces rassemblements spontanés, ces foules qui chantent *La Marseillaise*, tout cela n'a rien à voir avec je ne sais quel instinct de revanche ou je ne sais quel rejet de l'autre. Ce patriotisme est le symbole de notre union, de notre inaltérable résistance face aux coups qui peuvent nous être portés, car la France garde intacts, malgré le drame, malgré le sang versé, ses principes d'espérance et de tolérance.

Document 2 – La joie collective après la victoire de la France en coupe du monde de football en juillet 2018

S'entraîner

1 ★ Présentez le document 1.

a. Indiquez la nature du document, le nom de son auteur, sa date, son lieu.

....

....

....

b. En vous référant aux évènements que la France connaît à cette date, expliquez la symbolique du lieu choisi.

....

....

....

2 ★ Donnez du sens aux documents 1 et 2 en répondant aux questions.

a. Relevez des éléments illustrant le fait que des hommes et des femmes se sentent citoyens et membres d'une collectivité ou d'une communauté nationale.

....

....

b. Relevez les symboles cités dans le document et attribuez-leur une valeur ou un principe.

Les symboles républicains	Les valeurs et/ou principe incarnés
....	....
....	....
....	....
....	....

c. Un autre symbole de la République, qui n'est pas cité, apparaît en filigrane : quel est-il ? Justifiez votre réponse.

....

....

....

....

....

d. « Faire de la France un grand pays, fier de son histoire, de son mode vie, de sa culture, de son rayonnement, de son idéal universel » : à quel(s) texte(s) est-il fait allusion ?

....

....

....

....

....

3 ★★★ En quoi le sport peut-il être un domaine dans lequel la fraternité s'exprime ?

....

....

....

4 ★★★ Expliquez dans un développement construit les éléments qui, dans le comportement des Français, témoignent d'un attachement profond des citoyens aux valeurs de la République.

....

....

....

....

....

....

....

....

....

....

....

....

....

....

....

....

....

....

....

Auto évaluation Très bien ☐ Bien ☐ Pas assez bien ☐

23 La Défense et la sécurité

→ Corrigés p. XI

Observer et retenir

■ Le *Livre blanc sur la Défense et la sécurité nationale* de 2013 fixe trois priorités à la Défense nationale : la **protection** du territoire et des Français, la **dissuasion** pour protéger la France d'une agression étatique contre ses intérêts vitaux, et l'**intervention** de ses forces armées pour défendre ses intérêts stratégiques et de sécurité, ceux de ses alliés, et pour exercer ses responsabilités internationales dans le cadre d'alliances militaires bilatérales (avec les États africains), d'engagements européens (la politique de sécurité et de Défense commune) et internationaux (intervention sous mandat de l'ONU et de l'OTAN).

■ Avec **les menaces** (cyberattaques, terrorisme) et **les risques** (inondations, tempêtes), **la Défense devient globale**. Elle présente un caractère militaire, civil, économique et culturel. Elle est l'affaire de tous et un devoir pour le citoyen. Pour renforcer le lien entre nation et Défense, la loi de 1997 institue pour les jeunes **le parcours de citoyenneté** en trois étapes.

Dans la **Constitution de 1958**, le président de la République, chef des armées, est le garant de l'indépendance nationale, de l'intégrité du territoire et du respect des traités. Le Premier ministre est responsable de la Défense nationale. Le Parlement vote la loi et autorise la déclaration de guerre.

■ Document 1 – Les jeunes et la Défense

■ Document 2 – L'engagement des citoyens

a. Les attentats de Paris ont réveillé des ardeurs patriotiques. Sur le plan national, habituellement, la Défense *via* Internet (sengager.fr pour l'armée de terre) ou ses cirfa (centres d'information et de recrutement des forces armées) enregistre chaque semaine, en moyenne, 500 demandes de contact. […] Cet afflux est principalement motivé par la volonté « de se rendre utile à la défense du pays, de défendre nos valeurs et notre art de vivre », ajoute le responsable militaire.

www.ouest-France, 19 novembre 2015.

b. Cormac Flynn, 35 ans, dînait ce soir-là dans un restaurant à deux pas du Bataclan. Quelques jours après, il s'inscrivait pour suivre une formation aux « gestes qui sauvent » auprès de la Croix-Rouge. « On a vu des blessés, des gens touchés aux jambes, au ventre, mais on n'était pas capables d'aider. Dans ces cas-là, on se dit qu'il y aura toujours quelqu'un d'autre qui connaît les gestes de premiers secours. Mais si ça arrive encore, je veux être préparé. »

lexpress.fr, 24 novembre 2015.

S'entraîner

1 ★★ À l'aide du document 1, expliquez le lien entre le citoyen et la Défense.

a. Indiquez le thème de l'affiche, les éléments lui donnant un caractère officiel et ses destinataires.

....

....

b. Décrivez le logo et le visuel photographique et précisez le sens qu'ils suggèrent.

....

c. Relevez les deux étapes du parcours de citoyenneté indiquées sur l'affiche.

....

....

d. Quels droits le citoyen obtient-il une fois ses obligations assumées ?

....

....

2 ★★ À l'aide du document 2, complétez le tableau pour comprendre les formes d'engagement.

	Document 1	Document 2
Cause de l'implication	....	....
Auprès de qui ?	....	....
Pour quoi faire ?	....	....
Aspect de la Défense illustré	....	....

3 ★★ Complétez le tableau pour comprendre les principes et les valeurs qui régissent la Défense nationale.

Exemples d'interventions	Dans quel cadre ? Pour quel type de menace ? Avec quelle fonction stratégique?
Suite à la résolution 2085 de l'ONU et à la demande du Mali, la France intervient pour « mettre un coup d'arrêt brutal à l'avancée des groupes djihadistes vers le sud du Mali et [pour] assurer la sécurité des 6 000 ressortissants français dans le pays » (communiqué du ministère de la Défense).	....
Depuis 2008, la France participe à l'opération européenne Atalante destinée à lutter contre la piraterie.	....

4 ★★★ Dans un développement construit, expliquez autour de quelles valeurs les citoyens peuvent servir leur pays et évoquez les formes d'engagement possibles.

....

....

....

....

....

....

....

....

....

Auto évaluation Très bien ☐ Bien ☐ Pas assez bien ☐

Brevet blanc

Exercice n° 1

➔ Corrigés p. XI

Analyser et comprendre des documents en histoire et en géographie *(20 points)*

HISTOIRE – UN MONDE BIPOLAIRE AU TEMPS DE LA GUERRE FROIDE

Document 1 – L'Allemagne de 1945 à 1990

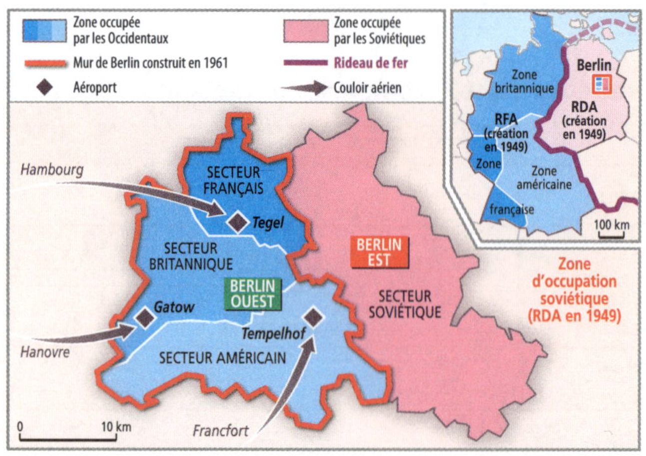

Document 2 – Note de protestation des États-Unis au gouvernement soviétique (17 août 1961)

Le 13 août, les autorités est-allemandes ont mis en vigueur plusieurs mesures réglementant la circulation à la frontière entre les secteurs occidentaux et la zone soviétique de la ville de Berlin. Ces mesures ont pour effet de limiter, voire d'interdire, le passage du secteur soviétique aux secteurs occidentaux de la ville. Ces mesures ont été accompagnées de la fermeture des frontières du secteur par un déploiement important des forces de police et militaires. [...]
Comme l'ont admis elles-mêmes les autorités est-allemandes, ces mesures sont motivées par le fait qu'un nombre toujours croissant d'habitants d'Allemagne de l'Est désirent quitter ce territoire[1]. Les raisons de cet exode sont connues. Ce sont tout simplement les difficultés intérieures que connaît l'Allemagne de l'Est. [...]
Le gouvernement des États-Unis élève une protestation solennelle contre ces mesures dont il tient le gouvernement soviétique pour responsable. Le gouvernement des États-Unis espère que le gouvernement soviétique mettra fin à ces mesures illégales [...] qui ne peuvent qu'accroître les tensions et les dangers existants.

Document publié par le département d'État, le 25 août 1961.

1. En 1961, près de 200 000 Allemands sont passés à l'Ouest, dont 152 000 en transitant par Berlin.

Document 3 – Berlin, le 9 novembre 1989

Questions

Document 1

1. Expliquez la raison de l'existence du couloir aérien et précisez ses conséquences. *(4 points)*

Document 2

2. Observez la date du document et indiquez l'événement qui vient de se produire. *(3 points)*
3. Pourquoi les autorités est-allemandes ont-elles mis en vigueur ces mesures ? *(3 points)*
4. Expliquez pourquoi le document est révélateur de la situation de guerre froide. *(6 points)*

Documents 1 et 3

5. Quelle est la conséquence pour Berlin et pour l'Allemagne de l'événement évoqué par le document 3 ? *(4 points)*

Exercice n° 2

➜ Corrigés p. XII

Maîtriser différents langages pour raisonner et utiliser des repères ***(20 points)***

1. Rédigez un développement construit d'environ 20 lignes. *(15 points)*
Sous la forme d'un développement construit d'une vingtaine de lignes et en vous appuyant sur des exemples vus en classe, expliquez la place et l'influence culturelle, géopolitique et économique de la France dans le monde.
2. Repères géographiques. *(5 points)*

LA FRANCE DANS LE MONDE

Sur la carte ci-contre :
a. Repassez l'équateur et indiquez son nom en bleu.
b. Nommez les océans numérotés 1, 2, 3, 4.
c. Nommez les 5 DROM identifiés A, B, C, D, E.

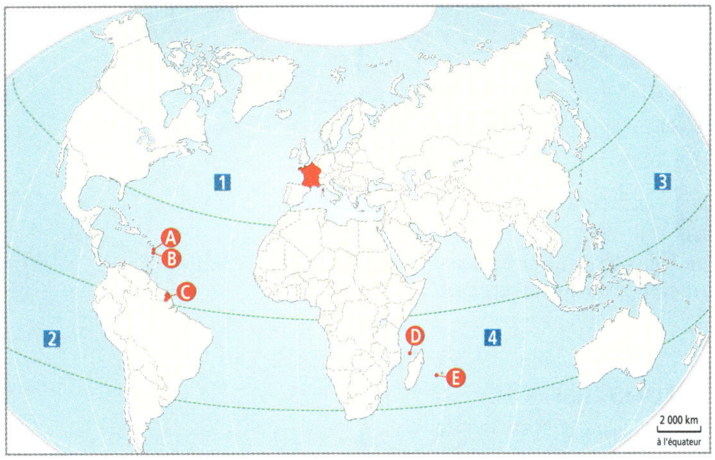

Document 1 – Textes et lois relatifs à la laïcité

26 août 1789 : la Déclaration des droits de l'homme et du citoyen proclame la liberté religieuse : « Nul ne doit être inquiété pour ses opinions, même religieuses [...] » (art. 10)

1881-1882 : les lois Ferry instituent l'école publique gratuite, laïque et obligatoire pour les garçons et filles âgés de 6 à 13 ans.

1905 : loi de séparation des Églises et de l'État : « La République ne reconnaît, ne salarie ni ne subventionne aucun culte ».

1946 : inscription du principe de laïcité dans le préambule de la Constitution.

1989 : incidents dits « du foulard islamique », suivis de deux avis du Conseil d'État (1989 et 1992) privilégiant une solution au cas par cas.

15 mars 2004 : loi interdisant, dans les établissements scolaires, le port de signes ou tenues manifestant ostensiblement une appartenance religieuse.

Exercice n° 3

→ Corrigés p. XII

Mobiliser des compétences relevant de l'enseignement moral et civique *(10 points)*

ACQUÉRIR ET PARTAGER LES VALEURS DE LA RÉPUBLIQUE – LES ENJEUX DE LA LAÏCITÉ

Document 2 – *Le Livre géant de la laïcité,* un livre « totem » de 2 mètres sur 2

On peut lire sur les crayons la devise de la République : *Liberté, Égalité, Fraternité.*

La Liberté guidant le peuple (1830) de Delacroix est une aide pour interpréter le livre « totem ».

Questions

Document 2

1. Quels sont les points communs et les différences entre la toile de Delacroix et l'illustration du Livre « totem » ?

Documents 1 et 2

2. Expliquez le lien existant entre le titre du Livre « totem » et le dessin illustrant sa couverture.
3. Complétez le tableau pour expliquer que la laïcité est le fruit d'une longue histoire.

	Principe de la liberté religieuse	Principe de la séparation des Églises et de l'État	Question de la laïcité à l'école
Date et nom des textes officiels et/ou lois			

4. Les classes de 3e de votre collège sont mobilisées pour célébrer la Journée de la laïcité et vous avez été choisi(e) pour réaliser une note expliquant les raisons pour lesquelles la laïcité s'impose à l'école.

Achevé d'imprimer en décembre 2018 par Pollina en France - 26831
N° éditeur : 2018_0318 - Dépôt légal : Décembre 2018
PEFC 10-31-2065